小石川養生所
立雪龍庵　診療譚

# 時衆の誉

宮田　隆

栄光出版社

# 小石川養生所 立雪龍庵 診療譚

# 時衆の誉

# 一

不思議な光景だった。

小石川養生所からほど近い音羽の町屋の賑わいの中を、「巫女(みこ)の口ききなさらんか」と唱えながら練り歩く集団があった。粗末な生地を合わせた天蓋で頭を覆い、藁を束ねた箒を背負った姿は、空也念仏か時衆の回向衆徒のようにも見えた。

「歩き巫女だ」人々はそう囁いて眉をひそめた。

小石川養生所の常詰(じょうづめ)の医師、立雪龍庵(たちゆきりょうあん)はその光景を呆けたように見ていた。

集団の中に、ひときわ大きな平家琵琶を抱えた巫女がいた。この女だけ、真紅の巫女袴を着していた。

巫女は立ち止まり、天蓋をゆっくりととり、龍庵の方を向いた。

艶を持った目が龍庵を刺した。

突然、この巫女の眼(まなこ)から、悲しい謂れの中で或る事を守り抜こうとする意志が滝のように溢れ出て、龍庵の体躯が固まった。

卑賤な歩き巫女にまで身を落とし、諸国を放浪する姿が、龍庵の脳裏深くに刻まれた。

幕末の頃である。

世の中は物騒この上ないと言うのに、小石川養生所は時が止まったように平穏であった。

久し振りの麗（うらら）な日差しが施医部屋に差し込んだ。

立雪龍庵は最後の通いの病人を見送ると、立ち上がって格子の窓を開けた。冬の名残の尖った風が絖（ぬめ）の感触になって龍庵の頬をなでた。

そこから小石川養生所の玄関が良く見えた。漆黒の神明鳥居の貫を抜いたような大層な冠木門（かぶきもん）が聳えている。

その下に門番の詰所があった。

陽射しに誘われるように警棒に寄りかかってうつらうつらとしているのが門番の末吉だ。その末吉の周りに寺小屋帰りの悪餓鬼どもが集まって、皐月（さつき）の枝の先で末吉の鼻の先を弄（もてあそ）ぶものだから、末吉が思わずくしゃみをすると餓鬼たちが肩を震わせて笑った。

何とも緊張感がない風景に龍庵は斜交（はすか）いに体躯を捩って思いに耽った。

そもそも養生所に入れるのは、貧しいがために病を得ても医者にかかれないか、身寄りのない病人に限られていた。それに加療代も部屋代も放免。一日二度の病人飯があてがわれ、仕着せもあった。だから、以前は吟味を待つ病人たちで長い行列ができたものだった。

しかし、病人たちの行列が失せて久しい。

何故、入所を希望する病人が途絶えたのか？

龍庵はその理由（わけ）を考えるが、いつも答えは一緒だった。

「要するに、世間の勢いに合わなくなったのだ」

世間の勢いとは、恐らく江戸の町会所が窮民救済に乗り出してきた事を言うのだろう。その結果、本来、養生所が収容していた貧民たちが養生所を敬遠するようになった。

　向かいの病人部屋に目を遣ると、庇（ひさし）は垂れ下がったままだし、板壁は剥がれ、隙間風が病人たちを悩ませていた。

　そうでなくても、養生所は古く、不潔のうえ、一度入ったら生きては出られない、と評判が悪い。確かに、病が快癒して養生所を出られるのは半数にも満たず、多くはここで命を終える。

　それでも、龍庵は養生所で働く事に躊躇（ためら）いはなかった。何より、養生所は広大な御薬園の中にあって、貴重な薬草がいくらでも手に入った。病人たちの症候を思い浮かべながら新しい生薬と格闘する日々を龍庵は好きだった。

　龍庵が養生所に来た十年ほど前、龍庵たち見習い医師は全員住み込みで、養生所北の六畳ほどの別棟をあてがわれていた。窓は北向きで陽射しが入らない上、冬は隙間風で凍り付く寒さだった。夏はしめって汗疹（あせも）をこじらせ搔疹（そうしん）になる者も少なくなかった。当時は医師専用の食堂（じきどう）もあり、朝と晩に賄いが出た。多少不味（まず）いのは致し方ないとして、食堂の裏の厠（かわや）の臭いは我慢がならない。

　龍庵が養生所に勤めるようになって一年後、養生所の主任医師が高齢で辞してからは箍（たが）が緩み、その賄いさえなくなった。養生所の常詰の医師になった今でも、朝は粗末な病人食を口に放り込み、夕食は仕方なく街に出て、居酒屋を巡る毎日だった。

天保年間（一八三〇年〜一八四四年）当時の小石川養生所は長屋造りの病室が階段状に南北に並んでいた。北から「北部屋」「九尺部屋」「中部屋」「新部屋」そして南端が女病人のための「女部屋」と呼ばれていた。これらの部屋を合わせた定員は約百二十名だが、今の入所者はわずか四十名足らず、女は十名にすぎなかった。

五つある病室のうち「北部屋」は北枕を連想し縁起が悪いといつもは使っていない。入所者が死ぬとそこに遺体を安置したので、病人たちは「ほとけ部屋」と呼び、忌み嫌っていた。

養生所では、入所病人の他、通いの病人も受け入れた。いわゆる外来の診察だが、龍庵の施医は丁寧なうえ、龍庵が調合した生薬が良く効くと順番待ちの列ができるほどの評判だった。外来は辰の刻から午の刻までで、昼下りには、入所病人の診廻(みまわ)りをする以外は薬膳部屋に籠って生薬を吟味するのが龍庵の日課だった。

ヨシは病人の看護をする女の「看病中間(ちゅうげん)」である。奉行所では女の奉公人を中間とみなして雇った。今は、二十余名の中間の内、半数以上を女が占めるようになっていた。

ヨシは愛想が良い。いつも日焼けした顔に笑顔を湛えていた。顔は人並みとは言えないが、病人たちへの面倒見がよく、何より弾けるような笑顔が周囲を和ませた。

「どうだ？　皆の具合は？」

龍庵がヨシに声を掛けた。

「特に変わりは。ただ……」

「どうした？」

「トキさんの具合があまり」

　トキは三十半ばの身寄りのない病人だった。どこかの商家の嫁に入ったが、嫁ぎ先が没落、実家は先の飢饉でとうに離散、あげく旦那は流行りの感冒で死に、子供もいなかったので独り身に落ちぶれたという。しばらく針仕事などで生計をたてていたが、脾胃（ひい）（消化器）を患い養生所に担ぎ込まれたという。最初、鳩尾（みぞおち）の辺りが痛みはじめ、次第に食欲が減退、しばらくすると嘔吐（もど）すようになり、吐瀉物に鮮血が混じりみるみる痩せてきたというのだ。

　痩せているうえに貧血があるせいか顔が青白い。目の下の隈もまるで刺青を彫ったようなありさまであった。龍庵の見立ては脾胃の潰瘍……。厄介な病である。

　脾胃の不調には、生姜（しょうが）の根を細かく砕き、干した蜜柑の皮、酒で炒めた朮（おけら）の根に棗（なつめ）の実とホウノキの樹皮を入れて煎じる方剤がいわば定番である。生姜は身体を暖め、朮やホウノキ、あるいは蜜柑の皮は食欲を増進する。棗の安神（精神安定）効果は緊張を解す。そうやって脾胃の不調を改善しよう、というのが、この論治である。

　しかし、生姜の辛（しん）の性質が胃の潰瘍を刺激し、むしろ悪化させてしまう恐れもある。

「どうしたものか？」

　龍庵はずっと思い悩んでいた。

　トキの方剤に行き詰まったその時、龍庵はふと「浜防風」という薬草の名が浮かんだ。

「万病回春」という古典に浜防風のことを「腫と膿を排し」とあるのを思い出したのである。

　――浜防風なら小石川御薬園（おやくえん）でも採れる。

「試してみる価値はある！」

龍庵はまた唸った。

養生所のすぐ裏手が小石川御薬園で、鬱蒼とした混合林が拡がり、森のわずかな隙間に様々な薬草が植えられていた。広大な敷地は切通しで東西に分かれていて、東側は小普請組の頭領、岡田理佐衛門、西側は芥川元風が園監に就いていた。因みに芥川元風は摂津出身で、園芸に秀でていたことから幕府に乞われ御薬園の半分を任されていた。

烏丸仁平は黄蓮の畑にいた。黄蓮の根茎を齧りながらその苦さに耐えるように顔をしかめていた。黄蓮は強い熱冷ましだが、とにかく苦い。

御薬園の東側を管理する岡田家には二人の同心が園監付として町奉行所から派遣されていた。烏丸仁平はそんな同心の一人で、薬草の知識と扱いの伎倆に優れ、皆から一目置かれていた。背が低く見えるのは短い脚のせいで、歩かせると身体が小刻みに跳ねた。それでも園芸で鍛えた体躯は犇としたものがあった。

「研究熱心じゃの」

龍庵が声を掛けると、仁平は顔をしかめたまま、こめかみ辺りを指した。

「宿酔には黄蓮がよく効く。貴様も試すか？」

仁平は歯型のついた黄蓮の根茎を龍庵に差し出した。

「お前の喰いかけなどいらないし、わたしは宿酔ではない。ところで……、浜防風はどこで採れる？」

「浜防風？」
浜防風の畑は御薬園の東の端にあった。杉林の一角に老松が二本、約一間の間隔で立っていた。そこに江戸近郊の海砂を一間四方に砂場のように敷いて海浜を模している。砂場の深さは十五寸（約四十六センチ）と大人の膝程の深さで、これには理由（わけ）があった。浜防風は海風に煽られるため、地上に顔を出している花や葉は上に伸びられず、地下に向かって根が長く伸びる習性がある。そのためある程度の深さが必要なのだ。取り出した浜防風の根茎は牛蒡（ごぼう）が巨大なクラゲに化けたような恰好である。

　春先につける花は淡い桃色で、掌をポッとひらいたような可憐な形をしていた。

「浜防風は芹の類でな、こいつを天麩羅にすると美味い。甘口の酒に良く合うぞ」

「甘口の酒？　お前、二日酔いでは？」

「なんぞ、黄蓮を齧ったら治った」

　仁平はあっけらかんと答えた。

　仁平は荒子が控える作業詰所に龍庵を誘った。

　作業詰所には刈り込み鋏や鉈、鍬などの園芸道具が積んである棚があり、そこを手前に引くと、裏には七輪や鍋、小麦粉の入った麻袋から塩、醤油の類まで料理道具一式が顔をのぞかせた。

「食材はまわりにいくらでもある」と仁平は嘯（うそぶ）いた。

　七輪に火を入れ、底の浅い鍋にごま油を敷く。ごま油が適当な温度まで騰がる間に小麦粉を水に溶いて塩を少し入れる。塩は岡田家の台所からせしめた高級品の壷焼塩だ。

荒子の佐吉が浜防風の花を水に浸すとまるで向日葵(ひまわり)が目を覚ますように膨らんだ。

「浸しすぎるとふやけて腰がなくなるのでその加減が大切ですな」

佐吉は嬉しそうに笑った。

仁平が貧乏徳利を掲げ、左手で底の深い杯(さかずき)を龍庵にわたした。

龍庵は生(き)のまま口腔で酒を転がすと、芯に残る濃厚な酒精が口蓋を刺激した。安酒の因果だと龍庵は思った。ところがそのまま喉に流し込むと、熟した女の項(うなじ)のように、こってりとした甘味に変わった。

「おお！　これは？」

「岡田家にあった吟醸の酒を、ちょいとだけ頂いた。美味いだろう？」

仁平は自慢げに笑った。ここでは、塩でも酒でも、岡田家からの戦利品なのだ。

じきに浜防風の天麩羅が揚がった。

浜防風のサクッとした歯ごたえは芹の筋そのもので、根茎の苦みは栄養の豊かさだ。葉には薄荷(はっか)のような冷淡さの中に、浜風に耐えた力強さがあった。

「美味いな」

思わず龍庵が唸ると佐吉が嬉しそうに頷いた。

龍庵はトキを思い浮かべた。

「実は、養生所の病人に脾胃に潰瘍を病んだ後家がいる。生姜では辛が強すぎて逆効果だと思うのだが」

「潰瘍？」

「ああ。度重なる心労で胃臓の内側が破けたのだろう」

「どう治すのだ？」

「それが分からない」

その時、佐吉が龍庵の前に一歩出た。

「恐れながら……」

「おう、どうした？」

佐吉は逆立った髪を掻きながら畏まった。

「二、三日前でしょうか、御奉行所の与力様がどちらかの藩の医者様を連れてここを見学にまいりました」

佐吉の話はこうだった。

その藩では飢饉が続き、栄養不良からくる脾胃の病が増え、困っている。何とか廉価な生薬を提供しようと思い、生姜や葱を与えたが、全く効果がない、と言うのだ。

「その時、その医者様が、たまたま中国人の商人から胡麻ノ葉草、甘野老や蛇の髭に合わせて浜防風を使うと脾胃の病に著効を示す、と聞いたがどうなのだろう、と話していたのを聞いたのです」

龍庵は佐吉の話に興味を持った。

「なるほど、胡麻ノ葉草は生薬で言えば地黄だ。腎を鍛えて脾胃の熱を冷ますという論治か……」

仁平が続けた。

「甘野老も蛇の髭もここで栽培しておる。なあ、佐吉」

佐吉が大きく頷いた。

「では、飲み終わったら早速薬草採りにまいるか」


養生所に戻った龍庵は両手に抱えきれないほどの薬草を薬煎所に放り投げた。薬煎掛の賄中間の久紗が入って来て「まあ！」と大きな声をあげると慌てて黒の覆い布で口を塞いだ。

久紗は肺を病み、養生所で長く療養していた病人である。そのため、人前では覆い布の着用を課せられていた。龍庵が処方した薬が良く効いて病が寛解したので、入所したまま看病中間を補佐する「役掛かり」の賄い婦として働くようになった。そのくらい養生所では働き手を欠いていた。

久紗もトキと同じ身寄りのない後家で、歳は三十の半ばくらい、肺を病んでいるせいか肌が異常に白かった。嫋々とした話し方やしなやかな物腰は家の良さを感じさせた。

「あら、これは麦門冬？」

久紗は蛇の髭の根茎を指さした。

「そうだ、これはお前にも煎じて飲ませたな。良く効いた」

「ええ、お陰さまで息が楽になり、咳も痰も出なくなりました」

久紗は蛇の髭の葉や茎を器用に取り除き始めた。

「そちらは？」

「これはな、萎蕤だ。玉竹とも言う。根が生薬になる」

「何に効くのです？」

「そうだな。滋養、強壮、老いの封じ」

「まあ、すごいですね。若返りですか？」

はしゃぐ久紗を見て、やはり肺の瘴気ではないな、と龍庵は思った。肺の瘴気、すなわち労咳は死に至るだけでなく、黴蟲を周りに飛び散らし、次々に蔓延(まんえん)する業病である。しかし、特効薬はない。血を吐きながら衰弱して死を待つしかない。久紗の場合、麦門冬が奏功したことから、気管支か肺の腫れの類(たぐい)と龍庵は見立てていた。

問題はこの胡麻ノ葉草だ。龍庵は山芋のように膨らんだ根茎を洗いながら、しばらく考え込んだ。

——能(よ)く湿熱骨蒸、煩労を清し兼ねて、血を消す。

万病回春薬性歌では胡麻ノ葉草の塊根である地黄についてこう詠っていた。

「塊根が内臓に溜まった熱を冷まし、出血を止める」と読める。

そうなると胡麻ノ葉草は根茎のまま煎じる……。

次は浜防風である。やはり根茎だろうか？

龍庵は実際に浜防風を食してみて、薬性歌にある「味苦く」が根茎の苦みであると考えた。

龍庵はつくづく方剤を考えている時が一番幸せだと思った。生薬の一つ一つが語り掛けてくるような、そんな豊かな情の交換が、龍庵の医師としての心を揺さぶるのだ。

翌日の昼下り、薬煎所の竈に火をくべた龍庵は、幅一尺の鉄鍋に半分ほど水を入れ煮立つのを待った。

クックッ……。

鉄鍋が泣き始めた。頃合いが良い。

日干しにした甘野老の根をまず入れ、少し縒れてきたところで地黄、浜防風そして麦門冬を加えた。地黄の漆黒の煎色が滲み出た。すぐに大きな丸板の蓋を被せると、龍庵が今までに嗅いだ事のない馨しい匂いが漏れ出た。

薬草は煎じることによって初めて生薬になり、そして妙薬にもなる。湧き出る蒸気にこそ草たちの生命の息吹が宿る。

半刻ほどして鉄鍋を竈から下ろす。後は余熱で少しおく。

鉄鍋から甘みを含んだ湯気が、涼しい風に煽られ露天の温泉のように漂ってきた。

鍋が冷めてきた頃合いを見て、龍庵は祈るように木蓋を開いた。湯気が鍋の縁で沈殿していた。これは液体が重い証であった。甘みがまず鼻を突くが、じきに苦みに変わった。

龍庵は杓子に四分の一ほど煎じ汁をすくうと、まず匂いを嗅ぎ、そして舐めてみた。強い匂いのわりに味は柔らかくやや渋みがあるのは玉竹か浜防風で、むしろ地黄の濃厚な甘みが優れていた。

これはいけるかもしれない……。

龍庵の胸が躍った。

トキはよほど寒いのか、養生所からあてがわれる白の筒袖に帷子をはおり、麻の襟巻を首に巻いて龍庵の前に現れた。顔色は相変わらず黒ずんだ青だ。

「いかがかな？」

トキは下を向いたまま「ええ」と曖昧に答えた。

「どれ、舌べロを拝見しよう」

血の気が失せた白い舌は脇が赤くなっていて、衰弱によって舌が腫れる胖大（ばんだい）という症候を呈していた。

続けて龍庵はトキの細い腕を取り上げ、脈を診た。

囁くように微弱で、息遣いも浅い。それに長く月のものもないらしい。潰瘍による栄養不良が全身を蝕んでいた。

――このままではじきに衰弱して死ぬな。

「これは昨日、御薬園で採った薬草を煎じたものだ。トキさんの症状に合わせて作ってみた」

黒い液体の入った茶碗から薄っすらと湯気が立ち上っていた。

トキの薄い唇がわずかに開いた。なにかを懇願しているように龍庵には映った。

龍庵は茶碗を前に出し「さあ」と促した。

トキは茶碗を持ちあげ、また目を閉じて、一度二度深く息を吸った。茶碗の縁に唇を当て、覚悟を決めたように一口飲み、顔をしかめた。茶碗を唇から離し、今度は茶碗の端を噛むようにして、一気に飲み干した。

「苦いか？」

トキは大きく首をふった。

「甘いのか？」

また首をふった。

「渋いのだろう？」

トキは腹の辺りをさするようにして「胃が少し動くようです」と答えた。

「動く？」

「ええ、もう何日も白湯（さゆ）だけでしたので、急に、このような重いものが胃に入ったせいでしょうか？」

「痛いのか？」

「いいえ、痛くはありませんが」

トキは薄眼を開け、媚びるように言った。

龍庵はトキが飲み干した茶碗の底を眺めて「そうか、飲めるのだな」と呟いた。

龍庵が煎じた薬は茶碗に三分ほどで十回分くらいあった。それを一日朝と夕の二回、都合五日間トキに飲ませた。

薬は奏功した。

二日目から顔色に赤みがまし、三日目には粥が食べられるようになった。そして、五日目には玄米を食べさせるか、というまでに回復したのである。

――龍庵が創った煎じ薬は、恐らく「益胃湯」に近いものであると考えられる。寛政十年（一七九八年）、清国の医師、呉鞠通が著した「温病条弁」にこの処方と似たものが載っている。

# 二

初夏の滑(ぬめ)った風が吹き始めた頃。

朝早くから幕府に養生所詰を命じられた町医者たちが、忙しそうに病室や外来を歩き回っていた。中には出役日でもない医者もいた。

――何事だろう？

龍庵が不思議そうにその光景を見ていると看病中間頭の忠也が「ふふ」と笑った。

「ほら、お目見えですよ」

「誰が？」

忠也は鼻を鳴らし、顎の先で一人の医者を指した。

柳田由伯(ゆいはく)だった。

由伯は小普請(こぶしん)医師の歴とした幕医であり、養生所医師主任を兼ねていた。龍庵より一回りほど年上だが、駒下駄のような顔が十徳の襟(えり)口からニュッと飛び出ているものだから、まるで鳴子のこけしの轆轤(ろくろ)頭が揺れながら歩いているように見えた。それも両手を拡げて花魁(おいらん)のすり足のように歩くのでどうにも収まりが悪い。しかし、その愛嬌のある容姿に反して性格は陰険で、中間たちの評判はひどく悪い。

由伯は養生所に二日を空けて半日だけ勤めた。建て前では病人の診察をすることになっているが、誰もそんな様子を見たことがなかった。

それに、露骨に養生所の肝煎職に阿り、江戸城詰めの表御番医師としての出世を目論んでいると言う。


小石川養生所は麹町の長屋に住む町医者、小川笙船が目安箱に貧民たちのための医療施設の開設を求めたことがそもそもの起こりである。享保七年（一七二二年）、それが幕府に採択され、一年間の準備期間を経て小石川の御薬園の中に養生所は開設された。そんな経緯もあって、養生所の医師たちを監督する肝煎職には小川笙船を初代に、代々笙船の血筋がその任に就いていたのである。

肝煎職には然るべき役料が支払われ、さらに元々は長屋医者にも拘わらず小普請と並ぶ幕医として扱われていたという。

その時、役人詰所に束髪に淡い灰色の十徳を羽織った男が入ってきた。

「肝煎職のお出ましですな」

忠也が龍庵の耳元で囁いた。

横柄な口元に尖った目……。

「養生所の創始者、小川笙船の孫のその孫。小川謙太郎……。いやね、いまや下谷長者町のちょっとした仕切り屋です」

「なんだ、仕切り屋というのは？」

「ええ、下谷長者町の屋敷を昨今の屋敷不足に乗じて貸し家でひと儲け……」

忠也はそう言って舌を出した。

忠也によると、小川謙太郎は湾岸の埋め立て地を買い占めたり、墨引きと呼ばれる新興開拓地に勝手にあばら屋を立てて土地の所有を主張したりした。肝煎職にありながらこんな勝手がまかり通ったのも、奉行所から遣わされていた見廻り与力を袖の下で手なずけ、肝煎職をまっとうしていると奉行所に報告させていたからだった。

しかし、噂だと新しい見廻り与力は堅物で潔癖らしい。

小川謙太郎は由伯に近づくと、少し媚びた目を作った。

「首尾は分かっておるな？」

「心得ています」

由伯は狐の目になって頷いた。

養生所は本道の医師が三名、外科と眼科がそれぞれ一名ずつという布陣であった。常詰は龍庵だけで、他の医師はいずれも二日をおいて、眼科医師などは三日を空けて診察した。

本道の医師とは、雑科の外科や眼科、口中（歯）科などと違って、「医道の本道」という気位があって、それだけに自尊心も強く鼻持ちならない者が少なくなかった。由伯のように養生所の主任の本道の医師ともなると、奉行所の身分上では与力、人足寄場奉行、牢屋奉行などと同等にあり、旗本の医師としての自負もあった。

しかし、由伯はそれだけでは満足しなかったのだ。

「こんな貧乏人や小普請の芋侍相手に医者をやることなど本懐ではない」

由伯はいつもそう思っていた。

――医師はお城に登(あが)ってこそ値打ちのあるものだ。

そのためならなんでもやる、と駒下駄の顎を震わせた。

「それにしても、新任の与力殿は遅いな」

小川謙太郎が養生所の玄関を眺めながら言った。巳の刻（午前九時）はとうに過ぎていた。

その日は天気も良く、入所している病人たちが外に出て布団を干し、大工の心得のある者は棚の修繕などをしていた。女部屋の前の洗濯場では、賄中間に混ざって雑巾を洗うトキの姿があった。トキは龍庵に気が付くと少し頬を赤らめて深く頭を下げた。

その時、龍庵は人足が出入りする木戸に、辺りを憚る人だかりがあるのに気が付いた。その中には養生所の中間も混ざっている。

龍庵は洗濯をしていた女の賄中間に訊ねた。

「あいつら、何をしているのだ？」

賄中間はその様子を一瞥しただけで「さあ」と答えた。

人だかりが乱れると、男たちが二つほどの大きな麻袋を抱えて早足で去ろうとした。

「米か？」

龍庵が声を上げたので、女は慌てて立ち上がった。

「私は何も存じません」

「あれは、養生所の米ではないか？」

「ですから、私はなにも！」

女は洗濯物を抱えて立ち去ろうとした。そこに女と頭一つ大きな男が立ち塞がった。女は驚き、しばらく立ちすくんでいたが、すぐに男の脇をすり抜けた。

「やつら、養生所で余った米を横流ししているのだ」

男は低い声でそう言った。

剣道か槍か、武道に優れた体躯が着物の輪郭から浮かび上っていた。袴の黒の腰板に袱紗に包んだ十手を差し込んであることから、この男が新しく赴任した見廻り与力なのだろう。

年恰好は龍庵と同じ三十の半ばくらいで、太い眉毛と凛とした鼻筋は吽形の仁王を思わせた。

「新任の与力殿で？」

龍庵が恐る恐る訊ねると、よく響く声が返ってきた。

「長谷口佐衛門といいます。よろしく」

「どうも……。私は、立雪龍庵。ここの医者です」

佐衛門は皓歯を見せて笑った。爽やかな笑顔だった。

「今、いらしたのですか？」

佐衛門は大きく首を振った。

「もう半刻ほど前には」

「え？　気が付きませんでした」

「御薬園の切通しから稲荷を抜けて入った」

「ああ、裏門からですか」

「裏門から来たのには訳がある」

「え？」

「ここは随分、乱脈らしいの」

　佐衛門は吐き捨てるように言った。

「乱脈？」

「さよう。例えば、今の、米の横流しだ。幕府から支給される米の一部を紙屑買いに卸し、銭をもらっているらしい」

「はあ……？」

「今の入所病人はいかほどかな？」

「ええと、四十名に届くかゆかぬか、最近はいつもそんなものです」

　佐衛門は鷹揚に頷いた。

「奉行所には百余名と報告があがっている」

「百余名！　いや、私が見習い医者の頃からそんなには」

「だろうな。しかし、見廻り与力からそう報告があがれば、その分の米を支給するのが定めだ。つまりだ、倍の米が支給されれば、当然米は余り、横流しして儲けた金を皆で山分けをする」

　佐衛門は唇をひん曲げるようにして苦笑いを作った。

「おぬしは……立雪さん、と申したな。評判は聞いている」

「どのように、ですか？」

「いや、おぬしは横流しに与（くみ）していない」

「当たり前ですよ。私は真っ直ぐですよ」

「と、言うより不器用、か？」

佐衛門はまた、白い歯を見せて笑った。

そこへ小川謙太郎と柳田由伯が駆けつけた。

よほど慌てたのだろうか、小川謙太郎は肩で息をしていた。

由伯は小川謙太郎の背中に隠れるようにして、駒下駄の顔を震わせていた。

「私共は与力殿をお迎えしようと、玄関にてお待ちしておりました」

佐衛門は高い鼻をさらに突き上げるように上を向けた。

「私はもう一刻も前にここに来ていて、しっかりと見聞させて頂いた」

「一刻も前に！」

小川謙太郎と由伯は顔を見合わせた。


奉行所の所轄である養生所の見廻りの与力は原則として二名いて、交代で勤めていた。しかし、江戸では度重なる飢饉による難民の流入に歯止めがかからず、奉行所は治安維持の目的から彼らを人足寄場に収容し、その維持管理に多くの役人が動員されていた。

いまや存在価値そのものが問われ始めた養生所に二名もの与力を見廻りに出すのは如何なものか？　奉行所が出した結論は、与力一名を欠員のまま養生所を見廻ることであった。

もう何年もそんな状態が続いていた。

## 三

長谷口佐衛門が養生所を見廻るようになって、入所者数を水増しして得た米を横流しする、という手口が利かなくなった。

そんな不正な金子を稼いでいた中間たちは奉行所のお裁きに戦々恐々としていたが、それに与しない真面目な中間たちは手を叩いて喜んだ。

もう一人、柳田由伯は、と言うと、管理不行き届きとして養生所主任医師を外され、すっかり出世の道を閉ざされていた。

「それに……」と龍庵は薬煎所を見た。

二日日を空けて出勤するのが定めである医師たちも、以前はああだこうだと理由をつけては遅刻に早退、ひどい時は欠勤をした。それが当たり前になって随分経ったが、ここのところ、朝から薬煎所に入って薬草を吟味したり、外来や病人部屋を診廻ったり、診察にも精を出すようになった。そして、肝煎職の小川謙太郎は、与力見廻りの日には必ず養成所に顔を出し、与力詰所の前を行ったり来たりしてまじめに勤めていることをことさら誇示したりした。

……もう、夏になっていた。

養生所の夏は過酷である。暑さだけではない。虫、である。

背後に広大な御薬園を抱えているから、夏になると大量の虫が養生所を襲った。特に陽が暮れた後は、養生所の薄明かりに誘われて蛾から甲虫の類まで夜の饗宴に耽っていた。

さらに、蚊である。

養生所では入所病人たちに蚊帳が配られるが、寝苦しい夜はどうしても外で涼みたくなる。そこを蚊が容赦なく襲うのだった。杉の葉を燻して蚊取りに供してはいたが、そんなもの御(お)呪(まじな)いほどの効果もなかった。


夏至が過ぎると、霖雨(りんう)が続いた。病人部屋には黴が生え皮膚の掻痒を訴える者が増えた。肺を病んでいる者は咳が続き、腫(は)れものができた者は痛みが増した。布団も水が湧き出るのではないかと思われるほど湿り、南京虫が集(たか)り、病人たちは気鬱に陥っていた。

そんな頃だった。

トキの症状は随分緩解して、軟らかな米と香の物くらいなら食べられるまで回復していた。そろそろ回復期の生薬に変える時期だと龍庵は考えていた。龍庵は煎じ薬を保存している甕を柄杓でゆっくりとかき混ぜた。

生薬は生き物である。時々、空気を入れ替え、底に沈んだ源泉を起こしてあげる必要があった。特に夏場は暑さと湿気で薬効が減退してしまう。それに、一度薬草を煎じてしまうと日持ちが悪い。その都度に煎じるのが理想だが、養生所にはそんな火元も人の余裕もなかった。良く使う生薬など、大きな土甕に大量に保存してあって、鰻の焼きたれのように澱んで異臭を発する事もあった。

　龍庵の前で畏まっているトキは随分顔色も良く、真っ白だった唇も、紅をさしたように赤みが増していた。目の下の隈も消え、もう病人の顔ではなかったのだ。

「この薬もあと二日ばかり飲んでお仕舞いにしよう。その後は別の薬を考えておる」

　トキはうっすらと頬を赤くして龍庵を見た。相変わらず何かを希うような潤んだ目だった。そんなトキの瞼を覗きこむと、龍庵は仄かな思慕を感じた。

「もうじきに退所できる。退所したらどうするつもりだ？」

　トキは空を見た。そして、絞り出すように言った。

「一度故郷に帰ろうかと思います。離散したとはいえ、家くらいは残っておりましょうから、野菜でも作って……」

　確かトキの故郷は甲斐かその手前で、ここ数年、飢饉が厳しかった所であった。

　――帰ったところで幸せにはなれまい。ならば……。

　一瞬だがトキに対する淡い想いが形になって跳ねたような気がした。しかし、その分、言葉が抑制に動いた。

「そうですか。それももう少しで叶いますよ」

　トキは嬉しそうに頷いた。

　――私は、本当に不器用なものだ……。


　トキの容体が急変したのはその日の夜半であった。

「トキさんが大量に血を吐いた！」

女部屋の住人が龍庵の所に飛び込んできたのだ。

龍庵が病人部屋に駆け付けた時は、すでにトキの顔から血の気が失せていた。龍庵はすぐにトキの口元に耳を当てた。トキは大きく息を吸い込み、そのまま長く息を吐かない。すると、今度は喘鳴に似た音を立てて浅い呼吸を繰り返し、そしてまた、呼吸が止まった。

これは、失血や息が途切れた時に見られる症候である。

龍庵はまずい、と思った。

すぐに口腔にたまった血餅を吐かせ、仰向けに返すと肺と心臓を両手で強く押した。トキは胸を押されるたびに唸り声をあげて息を吐いたが、暫くしてそれにも反応をしなくなった。

「死んだ……」

龍庵はトキの両手を胸の前で合掌させ、カッと開いた鬼のような形相の眼瞼を閉じ、上下の唇を合わせた。

唇は……、真っ白だった。


養生所では「死」が日常にあった。それだけ、死人の扱いには慣れていた。中間たちが、すぐに湯灌(ゆかん)のためトキの筒袖を脱がせた。

冬の枯れ枝のように痩せ細ったトキの裸体が床板に敷いた藺草(いぐさ)の薄緑の上に浮いて見え、敗北感が痛みを伴って龍庵を襲った。

その時、トキの身体を洗っていた看病中間のヨシの手が止まった。何かを覗き込んでいるようであった。死後硬直でわずかに開き始めた唇を押し開けるようにして何かを千切るように取った。ヨシはそれを指先に摘んで、龍庵を見た。

「これ……」

一葉の矮（あざ）れた木屑のようなものがヨシの指先で小刻みに震えた。

「煎じ薬のかけらだろうか？」

トキに飲ませたのは煎じ薬の上澄みだ。固形物は入っていない。

それは木片にも見えるし、何かの茎かもしれなかった。今晩のトキの夕食はお粥と香の物だったはずだ。香の物は胡瓜か茄子でこのような固形物が混入する可能性は薄い。それに、胃の養生を考え、食事の後に龍庵の煎じた薬を与えた。舌ベロも診たが、口腔には何もなかったのだ。

病人が死ぬと、亜麻か白木綿の経帷子（きょうかたびら）で遺体を包み、最後に白足袋を履かせる。引き取り手の無い遺体は荷車に乗せられ回向院に運ばれ、それでおしまいである。

多少の蓄えをしてある病人は、死んだ時の僧侶への御布施代と野辺送りの棺桶代として入所時に中間頭に金子を預け、病人札に「僧侶」や「棺桶」を表す隠語が記載されていた。

しかし、トキには何もなかった。

トキの遺体は、北部屋に一晩安置され、翌日、陽が昇る前に荷車人足が来て、トキの遺体を乗せた。雨は止んでいたが、養生所一帯は深い霧で、紗幕の影のように人足たちの姿が蠢いて見えた。

看病中間が人足たちに駄賃を渡して両国の回向院に向かわせた。あとは回向院で縁日にまとめて僧侶が供養の読経をあげ埋葬される。

龍庵は養生所の勝手口に立って、トキの遺体を見送った。

悔しかった……。

敗北感がまた龍庵を襲った。

そしてトキへの仄かな思慕が龍庵の心に重く残った。


養生所に陽が射してきて、霧が蒸気に変わった。

トキの吐瀉物は変色して、和紙に黄ばみが拡がり、そこに木片のような物が浮かぶようにあった。

養生所の通い療治が開くまで、まだ時間があった。龍庵は、駆けるように御薬園の岡田家の御役屋敷に向かった。泥濘(ぬかる)んだ道が、気鬱の龍庵の足元をすくった。

様子のおかしい龍庵に烏丸仁平が慮った。

「どうかしたか？　随分早いな」

「トキさんが死んだよ」

「トキさんって、脾胃に潰瘍を病んだという後家か？」

龍庵が辛そうに頷くと、仁平は少し口を尖らせた。

「薬が合わなかったのかな？」

龍庵はむきになった。

「いや、そんなはずはない。随分良くなっていたんだ。まったく食事を受け付けなかったのが、ここ数日は粥も香の物も食べられるまでに回復していたんだ」

龍庵は懐からトキの吐瀉物を包んだ和紙を取り出し仁平に見せた。

仁平は「ほう」と声を上げた。

「トキさんの口腔に残っていたものだ。死ぬ前にこのような固い物を食させた覚えはない。これがなんだか分かるか？」

仁平は黙ったまま同心控え部屋の奥に入っていくと、じき、冊子を抱えて戻ってきた。

冊子の表紙には「毒草便覧」とあった。これは代々の御薬園の薬草吟味役が受け継いだ日誌のようなものである。そこには様々な毒草が絵付きで記載してあり、扱い方が書いてあった。

図譜と見比べていた仁平の目が止まった。

「これかな？」

そこには「鳥兜（とりかぶと）」と書いてあった。

仁平は荒子の佐吉に訊ねた。

「鳥兜はどこで栽培している？」

佐吉は訝しげに答えた。

「はあ、毒草園にあります、あそこはお堀で囲まれていて簡単には立ち入れません」

鳥兜の群生地は御薬園の北の丘の上で、御役屋敷からは泥濘（ぬかる）んだ坂道を暫く登らなくてはならない。羊歯（しだ）が密生したところでは蛭（ひる）が出るというほど、人の往来の少ないところだった。

坂を登り切ると道が平らになり、昼なお暗い森の奥にお堀が見えた。背丈の高い水草が一面に繁茂していて、それが夏の滑った風に靡（なび）くと、亡者の行列のように不気味に映った。

「あのお堀を渡った所に鳥兜が自生しています」

「橋はあるのか？」

「橋はありません。私たちはこの先の倒木を橋代わりにしています」

「歩いては渡れないのか？」

「鰐（わに）がいる、という噂ですし、毒を持った蝦蟇（がま）もいるらしいので、とてもとても。それにこのお堀は底なし沼なのですよ」

龍庵は寒気が走って急に小便がしたくなった。

龍庵が近くの藪に入ろうとすると、佐吉が叫んだ。

「その辺は毒虫の巣ですよ。御用をお足しでしたら、こちらの岩にして下さい」

龍庵は飛び上がった。

「もう、小便はよい。それよりここに人の出入りはあるのか？」

「さあて、私たちも滅多に来ません。天気の良い頃合いを見て、仲間と採りに来ますが、今日のようにどんよりした日は薄気味悪くて」

暫く歩くと佐吉が言っていた倒木があった。ちょうど、幅七尺ほどのお堀をまたぐように倒れていて、確かに橋の代わりにはなった。

倒木の渡り幅は二尺といったところで、荒子たちが倒木の枝や苔をきれいに取り除いてあり、立って渡ることができた。

対岸に着いた佐吉は下を見て、訝しげな表情を作った。

「誰かが来ていたようです」

そこだけ泥濘にくっきりとした足跡が残っていた。昨晩の雨でその窪みにわずかに水が貯まっていた。

「このへっこみ具合から見て昨日のものでしょう」

佐吉は剪定に使う巻き尺を取り出し、足跡の長さを測った。

「七尺足らずですな」

泥の跳ね具合から見てこれは明らかに草鞋(わらじ)の跡で、蹠(あしうら)を差し引くとさらに小さな人間ということになる。

鳥兜は薄暗い羊歯(しだ)が密生する湿地に自分を誇示するように鮮やかな青紫の花弁をつけていた。丈は一尺六寸くらい、細い茎に半身の烏帽子の形をした花弁が二つか三つ、重なり合うように咲いていた。

「ああ、二、三本抜かれていますね」

仁平は鳥兜を一本抜き、龍庵に見せた。

「この少し太くて根茎の勢いがあるのが烏頭(うず)だ。少し控え目で根が長く伸びている方が附子。両方とも猛毒だ」

仁平はそう言うと、トキの吐瀉物を附子の根茎に合わせてみた。

「この木肌の荒れと茎の切れ具合からみて、これは附子の根茎だな」

養生所に戻ると、佐衛門が与力詰所の前で龍庵を待っていた。

「昨晩、病人が亡くなったそうですね」

佐衛門の口調は穏やかだった。

「随分熱心に加療していた病人だったらしいですね？」

佐衛門は龍庵の隣に腰を下ろした。

「立雪さんは熱心で真面目だから、持ち病人が亡くなるのは辛いとは思うが、事情が分からねば奉行所にも報告ができません」

龍庵は媚びた目で佐衛門を覗きこんだ。

「病人たちの目もある。ここだけの話にしてくれますか？」

佐衛門は苦笑いを作った。

「私は卑しくも奉行所の与力。犯罪捜査を専(もっぱ)らとしている。もし、その病人の死に不審な点があれば、それは勿論、看過出来ない」

龍庵は生唾を飲み込むと「その、不審死です」と答えた。

佐衛門の目が光った。

# 四

小料理屋の「岩下」は白山の喜運寺（きうんじ）にある豆腐地蔵の近くで、豆腐屋の見世（みせ）の端に寄り添うようにあった。

豆腐屋の見世は、通行人にも分かるよう玄関の間口を広く取り、床几（しょうぎ）という棚に商品を並べて売っていた。そこを「見世之間」と言って、豆腐作りの作業場が良く見えた。夕刻になると、作業場の灯が落ち、丁稚が店の奥から間柱を運び玄関の真ん中に間口を挟（はさ）むように掛けた。玄関の庇に収まっていた上下に摺（す）り上げられる「摺上戸（すりあげど）」が間柱の溝に按配良く絡まると、摺上戸の留め板を外す。すると、左右の摺上戸がスルスルと落ちてきて扉が閉じられる、という仕掛けである。岩下が商売をやる日は右側の摺上戸が半分ほどあげられ、「岩下」という屋号が彫られた小さな行燈が間柱の下に控えめに置かれる。そして、行灯の横に一握りの塩が盛られて店が開く。

客は身体をかがめ摺上戸を潜（くぐ）り、見世之間の右手の絡繰（カラクリ）木戸から店に入った。

この店が開く夕刻になると、作業場からは人影が消え、甘酸っぱい麹の香りだけが店に漂っていた。

店の広さは六畳かもう少し広いくらいで、一畳ほどの大きな無垢の板を取り囲むように客が座り、そこで酒を飲み、肴をつまむ。板場の横に人の腰ほどの木連格子（きつれごうし）に障子をはめた衝立てで間仕切りがしてあり、その奥にも小さな座敷があった。

その晩、岩下の奥の座敷に佐衛門に龍庵、そして仁平が顔を突き合わせ、香ばしく焼かれた油揚げに梅肉を乗せたものをつまみにひそひそ話をしていた。

世間話が一段落したところで、佐衛門は町奉行所の与力の声になって唐突に言った。

「本所の宿で、封人（ほうじん）が殺された。今朝早くだ」

龍庵と仁平は顔を見合わせた。

「封人？」

封人とは国境（くにざかい）の警備を任されていた役人のことだが、国境が山深い辺境にある場合など、しばしば地元の庄屋がこの職を掛け持ちすることもあった。

芭蕉が奥の細道で詠んだ「蚤虱（のみしらみ）　馬の尿（ばり）する枕もと」は、出羽は尿前（しとまえ）の関を越えたところで雨に祟られ、封人の家に三日ほど逗留した時の情景を描いたものである。その封人は堺田村の庄屋、有路家で、国境守備役人も兼ねていたという。

「物取りの仕業ですか？」

仁平がそう質すと佐衛門は睨むように首を横に振った。

「道中財布も盗られていない。それどころか争った跡もない」

「それじゃ、顔知りの犯行で？」

佐衛門は「多分な」と曖昧に答えた。

「問題は殺され方だ」

仁平と龍庵は盃の手を止めて、息を殺した。

佐衛門は盃に残った日本酒を一気に飲み干すと、ニタリと笑った。

「あんたたちの専門だよ」

仁平が「ヒッ」とシャックリのような声をあげた。

龍庵は、トキの苦しんだ死に顔を思い出し、唇を噛んで訊ねた。

「毒殺……ですか？」

佐衛門は顎をしゃくった。

「この封人の名は野火坂太郎衛。小原宿の在だ」

「小原宿というと甲州の入り口……、小仏峠を越えた辺りの宿場ですね」

仁平がそう念を押した。

「そうだ。大きな宿場で本陣もある。そこから甲州に下るところに旅人改め所があって、その封人だった」

龍庵は盃を置いてあらためて訊ねた。

「どんな毒です？」

何かを考えあぐねるように佐衛門は床に目を落とし、そして、大きく深呼吸をした。

「立雪さん、昨晩、養生所で女の病人が死んだと……」

「ええ、不審死と申しました」

「そうでした。確か……」

「鳥兜の根茎」

「そう、その鳥兜の根茎を噛み砕いた根片（こんへん）が口の中に残っていた」

「ええ……」

佐衛門は一葉の和紙を取り出した。

和紙を解すと一片の木屑のようなものが出てきた。

「これは何だろう？」

仁平がまた「ヒッ」と奇声をあげた。

「そ、それは、トキさんの口腔から出てきたものと同じ、鳥兜の根茎で、附子と言います」

佐衛門は唐突に「そこでだ」と本題に入った。

「養生所の病人が鳥兜の根茎を齧って不審な死をとげた。それが昨晩のこと。そして、日が改まった今朝、本所の宿の一室で封人の野火坂太郎衛がやはり鳥兜の根茎を喰わされて死んだ。先ほどだ。拙者は奉行所に呼ばれて、この事件の外役の非常掛りを補佐するよう命じられた。実質的な担当だ。そこで、毒殺という特殊な事件だから専門知識のある助け手が必要、と申し述べたらお奉行が了解してくれた」

「専門知識？」

仁平の語尾が上がった。

「そうだ。毒薬に詳しいその方たちだ」

仁平は真顔になった。

「私は岡田家の園監に仕えている身です。龍庵は知りませんが、少なくとも私はそんな勝手が許されません」

佐衛門は穏やかな顔のままで「立雪さんは？」と聞いた。

龍庵は背筋を改め、口を真一文字に結んで答えた。

「私は是非とも長谷口殿のお手伝いをさせて頂きたい」

佐衛門は笑顔を作り、今度は仁平を睨んだ。

「烏丸さんは確か同心……」

「ええ、そうです。岡田家に仕えています。先ほど申し上げました」

「では、幕府にも仕える身だ」

「……？　ええ、もちろん」

佐衛門は小袖の衿から一通の書き付けを取りだした。

佐衛門はそれを、扇子を叩くようにパシッと音を立てて開いた。

「奉行所からの達しだ」

『烏丸仁平、御薬園園監付け同心、および小石川養生所医師、立雪龍庵を与力　長谷口佐衛門預かりとする』


封人、野火坂太郎衛の殺害現場である本所「鶴屋」という旅籠は御厩河岸之渡から石原町に入った閑静な武家屋敷が並ぶ一角にあった。櫓造りの立派な門構えは人目を引いた。

鶴屋の表門から大戸口の方へ抜けて、神棚のある茶室の手前の箱階段を二階にあがる。そこから中廊下を奥に進むとこの旅籠の名の由来である「鶴の間」がある。そこが事件の現場であった。

廊下では若い同心が「検屍階梯」を片手に盛んに調書を書いていた。死体の向きが仰向けかうつ伏せか、争い傷から、死因を特定できそうなどんな些細なことも、この「検分書」に記載しなくてはならなかった。

　その同心は佐衛門を見つけるとほっとした表情を作って頭を下げた。

「大儀なことで」

「何か新しい事は?」

　佐衛門は廊下から開き戸や襖を見ながらそう訊ねた。血痕や争った跡を見定めているのだろう。

「それが……」

「どうした?」

「どうにも、この旅館の主人も雇われ人も、朝、様子を見に行ったら死んでいたと口をそろえるだけで、それ以上の事は何も出てきません」

「そうか……。で、この仏さん、外にも出なかったのか?」

「それも聞いてみましたが、まったく気がつかなかったと」

　佐衛門の眉間が強張った。

　太郎衛の死体は発見された時のまま置かれていた。医者である龍庵の検屍を待っていたのだろう。一昼夜放置してあったので、この夏の暑さも加わって死体からは死臭が漂い始めていた。

　遅れて部屋に入った龍庵は腐敗臭とは違う饐えた匂いに気がついた。記憶にある匂いだった。どこかで嗅いだことがある。龍庵はどうしてもそれを思い出せない。いずれにせよ、愉快な思い出ではない。秘匿にまみれた暗渠、そう洞窟のような所だったような気がする。

龍庵は遺体の口唇に触れた。すっかり乾燥はしていたが、口唇から大量の涎の痕が首筋まで続いていた。涎には血液も混ざっていて赤茶に変色していた。

畳には失禁した染みが残っていた。ことから急激な呼吸困難と筋肉の痙攣があったのだろう。

この症候は正に鳥兜の神経毒と一致した。

龍庵は両手で遺体の下顎に手をやり、勢いよく開けた。顎の関節がギシギシと軋んだ。口腔では舌が喉の奥に入り込んでいた。神経毒は激しい痙攣と共に、舌が硬直して気道を封鎖し、窒息させてしまう。そして、案の定、下顎の前歯に、木片のようなものが挟まっていた。

龍庵はそれを取ると、仁平に見せた。

それを受け取った仁平はゴクリと生唾を飲み込んだ。

「やはり草木の毒か？」佐衛門が訊ねた。

「トキさんが殺されたのと同じ、鳥兜……」

仁平の声が恐怖で嗄れていた。

その時、龍庵が遺体の拳に目をやった。

「何かを握っているようだ」

龍庵は、着流しの裾を少し払うようにして腰を落とすと、死後硬直で硬くなった拳を開いた。

そこには紙縒りで巻いた人の髪の毛の束があった。

——トキが不審死をとげた翌日、封人は毒殺され、手には髪の毛が握られていた。どうにも不可解だ。

　その時、龍庵が勢いよく立ち上がった。

「回向院に行ってくる！」

「封人が握っていた髪の毛に心当たりがあるのですか？」

　佐衛門が目を剥いて訊ねた。

　龍庵は口を真一文字に結んだまま、大きく頷いた。


　回向院は、明暦三年（一六五七年）の開山である。江戸市中の六割が焼失した「振袖火事」があった年である。十万人以上とも言われる焼死者の多くは、身元が判別できないほど遺体が損傷していた。そこで、当時の将軍家綱は、隅田川の東岸に「万人塚」という墳墓を設け、遵誉上人に命じて無縁仏の冥福を祈った大法要を執り行った。それが回向院の由来である。以来、回向院は身元不明や身寄りのない遺体を受け入れ供養するようになった。

　隅田川の橋詰から回向院への参道沿いには、出開帳か勧進相撲の後の芥溲(ごみ)いや見世物小屋を解体する人足たちでごった返していた。

　回向院の山門をくぐるとすぐに執務所があって、無縁の遺体持ち込みはここで手続きをした。医師や役人、取り締まり方の証文があればそのまま遺体を持ち込めた。もちろん養生所からの遺体も同じ扱いであった。その一方で、検分を済ませていない刃傷(にんじょう)の果ての死体は始末に困る。ごく稀だが、大名屋敷から体躯を真っ二つにされた屍体が持ち込まれる事があるという。どう見ても試斬（ためしぎり）の果てだが、これも殿医の証文が添えてあれば受け入れざるを得ないのだ。

「昨日の早朝、養生所から遺体が届いたはずだが」

佐衛門が回向院の執務の僧に訊ねた。

僧が「受入日誌」を開くと、

「ええ、養生所からお一人、ご供養と埋葬を領っています。多分、まだ、霊安小屋にあるはずです。あと、半刻で埋葬されますが」

大きな火事や災害などで大量の死体が運ばれない限り、回向院では埋葬人足の駄賃を節約するため、ある程度遺体が集まってから埋葬したものだが、夏場は遺体の腐乱が早いため、二日に一回、という定めであった。その日がちょうど埋葬の日に当たっていたのだ。

回向院の本堂を抜けると檀家たちの墓地となる。開山して二百年も経つと檀家も増え、中には御影石の立派な五輪塔を配した墓もあって、この寺の繁盛ぶりがよく分かる。

そこを越えると、浄土宗の御旗が何本も棚引く寒々しい荒地に出る。所々に墳墓があって「万人塚・明暦大火碑」とか「天和大火碑」という文字が苔むした墓石碑から読み取ることができた。

持ち込まれた無縁遺体は墓石碑の間に埋葬されていた。奥に進むに従って墓石碑は新しくなり、真新しい卒塔婆が亡霊のように揺らいで立っていた。

霊安小屋は埋葬まで遺体を安置する掘立小屋で、十坪ほどの広さがあった。鼠除けに二尺ほどの上げ板間を逆さ間柱で支えてあり、辛夷（こぶし）や山椒（さんしょう）を入れた薬袋（やくたい）が天井から吊るしてあった。これは死臭に対する臭い消しだが、おまじないほどにもならず、強烈な死臭が外にまで漂っていた。

埋葬人足たちは佐衛門の姿を見ると膝を落とし畏った。

霊安小屋の観音扉が開くと、陽光が射し込み遺体が浮かび上がった。

踏み固まった長い歩廊に沿った板敷の縁に十数体の遺体が整然と並んでいた。

「死体を改める」

「この暑さなもんで傷みが早うございますな」

古株の人足が鼻をつまむような仕草をして「どのホトケさんです？」と佐衛門に訊ねた。

そこへ龍庵が前に出て、小屋の中を覗いた。

よほど、屍体に慣れていないと中に入る気にはなれないものだが、龍庵は屍体に慣れていた。迷う事なく中に入ると、死臭を伴ったもわっとした湿気が龍庵を襲った。龍庵は手拭いで鼻と口を覆い、息を止め、屍体を見入った。

衣類を着していない男の屍体は恐らく行き斃れなのだろう。白木綿の経帷子で包まれたのもあった。天井を鬼の形相でにらんでいる若い女の屍体には桃色の小袖がかけてあった。遊女だったのか、ただ一つの持ち物なのかもしれない。

見覚えのある死出装束の白足袋から、トキの遺体はすぐに分かった。

打ち覆いを除けると、トキの琺瑯のような死に顔が現れた。

頬から首筋にかけて濃紺の死斑が浮いていた。

トキの、いつも何かに媚びるような目も、何かを訴えようとしている薄幸な唇も、もうそこにはなかった。

　腐乱しはじめた肉塊が冷厳な死を曝していた。

　佐衛門が呆然と立ちすくむ龍庵の肩を叩いた。

「立雪さん、髪はどうですか？」

　龍庵ははっと我に戻って、トキの頭髪を見た。トキの髪の毛は潤いも、艶もなく、まるで針千本の棘のように逆立っていた。肩まで垂れた髪が後頭で束ねられていたが、その先が鋭利な刃物で切られていたのだった。龍庵は懐から和紙に包んだ、野火坂太郎衛が握っていた頭髪と合わせてみた。

　それは見事に一致した……。

# 五

　龍庵はいつものように薬煎所にこもり薬研を挽いていた。葉や根茎を干した生薬を混ぜ、それを石臼の要領で薬研を挽く時が龍庵は一番心が落ち着いた。生薬がつぶれ、粉状になってゆくに従って独特の香りが漂うようになる。それは草木が目を覚まし、新しい薬効を持った生命が宿る瞬間でもあった。

　薬研を挽くのは要領がいる。この作業はまず生薬の癖を読むことから始まった。生薬によって挽く加減が違うからだ。硬い根茎は潰すように、葉の類は切り裂く要領で挽かなくてはならない。さらに、薬研の小舟に車輪を沈め、軸を回転しながら前後に挽く時の速さ、押し具合で生薬を生かすも殺すも決まってしまうのだ。

龍庵はいつも、師匠、曲瀬秀庵の「私家版・金匱要略（きんきようようりやく）加減方論」を思い浮かべていた。二世紀から三世紀の後漢の時代に張仲景によって編纂された「傷寒論」に「雑病論」という項目があった。それが金匱要略である。それを龍庵の師匠が書き写し、私家版として弟子たちに伝えていたのだ。

そこには「腎という臓腑」について、自筆の走り書きがあった。「腎は骨を主（つかさど）り、腰は腎の府である。疫を免れ、耳に開竅（かいきゅう）し、眼球の瞳孔は腎に属し、老いに伴う難聴、霞目（かすみめ）、老い眼に関わる。性の欲するを減退させるも腎の失調であり、命の源泉を蓄える」

そして、朱の筆で「腎を補するは金匱腎気丸」と文字を強調してあった。

龍庵がこの処方に取り組んで随分経つ。

龍庵はひと時、全ての生薬を薬研で挽いていた。しかし、どうもうまくいかない。そこで、挽くのは根茎を乾燥させたものだけにして、山茱萸、胡麻ノ葉草と茯苓、そして毒を抜いた附子はそのまま煎じたところ、薬効が格段に上がった。

龍庵がこの遣り方に辿り着いたのはごく最近のことだ。

――奥が深い……。

龍庵は金匱腎気丸の生薬を挽き終わると、その粉末を丁寧に陶器の皿に移した。

横にいた久紗が「湯加減は頃合いが宜しいようです」と告げた。龍庵は煎じ鍋の木蓋をとって、湯加減を確認した。

少し沸騰がきついようだった。

「水を三合ほど加えよう」

湯加減を調整すると、いよいよ生薬を赤子の湯浴びの要領で湯に浸す。まず、胡麻ノ葉草がすぐに強い黒色を噴出した。じき、湯の中が鳴門の渦のように大きく回転し始める。これはそれぞれの生薬が湯に親和したり、抵抗したりするからで、龍庵はその変化を見ているのが好きだった。湯加減を徐々に落としてゆくと甘さと苦みが混交した香りが薬煎所を覆うようになる。煎じ液は重みを増し、それは一つ一つの生薬が自己を溶け合わせて、あたかも全く違った個性に生まれ変わったような安寧さがあった。

煎じ終わると、久紗が柄杓で軽く回転させながら煎じ液を掬った。この作業は根気がいる。

龍庵はもくもくと作業する久紗のうしろ姿を見て、様子が変であることに気が付いた。

肩に重いものを背負っているような、そんな憔悴した背中だった。

——何かあったのだろうか？


口喝を訴え、足腰が弱り、皮膚の掻痒、視力の減退、情緒の不安などはすべて老いの症候であり、即ち腎の衰えである。

腎を鍛えることを「補腎」と言った。因みに金匱腎気丸は今で言う「八味地黄丸」のことで、補腎薬の代表処方である。ただ、この八味地黄丸には毒を抜いた附子と桂枝という身体を強く温める生薬が入っているので、高血圧や、常に体が火照っているような体質の人にはむしろ禁忌となる。後に附子と桂枝を除いた「六味丸」という処方が、金匱腎気丸の加減薬として使われるようになった。これは身体を強く温めることもなく体質を選ばないので使い勝手が良い。龍庵はこの六味丸に近い薬剤を作ったと思われる。

元宮大工の清二は、六十を少し過ぎたくらいで、養生所に入所してもう一年近くになる。肝を病み、ひどい腹水で養生所に運び込まれた。大量の飲酒が原因だったので、酒を断たせた上で、三島産の柴胡の葉と根茎をそのまま煎じたのを飲ませたら、次第に腹水は収まり、真っ黒だった顔面も艶が出てくるまでに回復した。

しかし、ここ数ヵ月、目が衰え、足腰も弱ってきた。口が乾きいつも水を求める「消渇」の症状を呈していた。「消渇」とはいくら食べても痩せてきて、頻尿に加え、口、喉が乾く状態をいうが、現代の病に当てはめると糖尿病が近い。

かつて、清二は十数人の弟子を抱えていた羽振りの良い棟梁だったと聞く。

なぜ、ここまで落ちぶれたのかは誰も知らない。ただ、時おり清二を訪ねてくる年増の女将風情の女が、清二の過去を自慢気に語ったので、皆が知ることとなったという。

清二に訊ねても「へへ」と照れるだけで、自分の過去を語ることはなかった。

龍庵は出来立ての煎じ薬を持って、清二がいる病人部屋を訪ねた。

清二は煙管(きせる)を回しながら病人部屋の廊下に座っていた。

「どうだ、具合は?」

「へい、お陰様で、もうすっかり」

「薬を持ってきてやった。これを今日と明日、四回に分けて飲むとよい」

「飯の間ですね」

「そうだ、飯と飯の間、少し腹が減ったかな、というのが頃合いだ」

清二は大きく頷いて薬の臭いを嗅いだ。

「いつものとちょいと、違いますか？」

「おお、よく分かったな。最近、目が辛いと申しておったから、目に良い菊花という生薬を入れておいた」

「そうですか。それはありがてえな」

清二は煎じ薬の入った壺に祈るように頭を下げた。

「良い天気だな」

「さようですなあ。久方(ひさかた)です。やっと布団が干せます。こう長雨じゃ、じめじめしていけねえ」

清二の江戸弁が爽やかだった。

「清(せい)さんは江戸のどこの生まれだ？」

龍庵がそう訊ねると、清二は前を見つめたまま黙った。

「随分、羽振りの良い大工の棟梁だったそうじゃないか？」

「へっ？　誰がそんなことを？」

「時々、清さんを見舞いに来る、ほら、流行(はやり)の伊予絣(かすり)に幅広の扱帯(しごき)を前で粋に結んだ艶っぽい女将さんが言っていたよ」

「ああ、あいつだな。つまんねぇこと、言いふらしやがって」

「別に隠すことでもないじゃないか」

清二はまた黙った。好々爺とした口元が少し細く絞られた。

「あたしはね、小仏峠を越えた甲斐の都留の出なんでさ」

「都留？」

「ほら、甲斐と浅間様に別れる街道筋の入り口で」

野火坂太郎衛……。確か……、小仏峠を越えた小原宿の封人だったはずだ。

「江戸の生まれではないのか？　清さんの江戸弁があまりに鮮やかなのでてっきり」

「皆に良く言われますがね、あたしは田舎者ですよ。まぁ、だから無理して江戸弁を話せるようにしたのかもしれませんやね」

清二はそう笑って、唐突に言った。

「薬煎の久紗も津留の近くの出のはずですよ」

「久紗も？」

「ええ、確か、与瀬とか小原、そこいらかと」

野火坂太郎衛が小原宿、トキもその近くだったはずだ。その経絡に突然久紗が入り込んだ。

——何かの因縁なのだろうか？

確かに、最近、久紗の様子がおかしい。何かを思い病んでいるような、気鬱の症候が読めるのだ。それもトキが死んでからひどくなった気がする。もし、太郎衛とトキ、そして久紗が小原宿を軸に何らかの繋がりがあるとしたら……？

龍庵は大きく首を横に振ってそれを否定した。龍庵は密偵の真似事をしようとしている自分を笑った。

そこへ、長谷口佐衛門が烏丸仁平を伴ってやって来た。

清二が佐衛門を見てひれ伏すように深く頭を下げた。

――トントン、スットットントン……。

近くで日蓮宗の団扇太鼓の音が聞こえた。布団干しに集中していた入所者たちの目が音の方へ向かった。

「葬式かの？」

突然、湿った強い風が布団を揺らした。

「また、雨か？」

「雲も早いし」

「いやや、いややな」

そんな会話が聞こえたかと思うと突然、辺りが真っ暗になった。

「おお、雨が来るぞ！」

入所者や看病中間たちが、慌ただしく布団を片付け始めた。

その時、砂利を一気に転がすような大粒の雨が轟音を立てて降ってきた。

豪雨の中で入所者たちが右往左往する様子を佐衛門と仁平、そして龍庵は呆然と眺めていた。その時、佐衛門が、

「……！」と龍庵に向かって大声で叫んだ。

激しい雨音に消され聞こえない。

「……？」

佐衛門は龍庵の耳元で怒鳴るように言った。

「これから三人で小原宿に行く！」

# 六

日本橋から小原宿までは十六里というのだから、町飛脚の脚(あし)で二日といった行程であった。小原宿へ行くには甲州街道を下る事になる。

旧暦の皐月(さつき)は今の七月頃だから盛夏である。その年も、前の年も梅雨が長引き、特に北の地方では冷夏が厳しかった。

佐衛門たち三人は、府中宿でまず宿を求め、翌日には一気に小仏峠を越え、小原宿には夕刻には到着する手はずでいた。ところが二日目は大雨にたたられ、山路の険しい小仏峠越えは断念せざるを得なくなり、一つ手前の駒木野で宿を求めた。すでに夕刻で、旅籠(はたご)はどこも満杯で、途方に暮れていると、怪しげな六部が宿場外れの木賃宿に案内した。

「あたしらが泊まる汚ねぇ宿ですがね。雨露はしのげる」

卑しい土竜(もぐら)のような唇でこの六部は薄笑いを浮かべた。

六部といってもほとんどが紛(まが)いで、覆鉢型(ふくはちかた)の笠に鼠木綿(ねずみもめん)の衣をまとい、帯の前に鉦(かね)、背中に厨子(ずし)を背負った巡礼僧を模し、鼻紙にもならない偽物の法華経を強引に売りつけて廻っていた。

　木賃宿の宿泊客は街道筋の無頼の駕籠舁、流れの博打うち、どう見ても偽の巡礼僧、六部、頭襟と結い袈裟姿の修験者もいかにも怪しい。

　一癖も二癖もある極道ばかりだった。

「役者が揃っているな」

　客たちを一瞥し、思わず佐衛門は唸った。

　その宿は岩殿町の元相撲取りの喜助が借家を改造して木賃宿としていた。街道沿いに一ト間と、襖をはさんで奥にもう一ト間あり、いずれも板張に薄縁を敷いただけの粗末なものだった。真ん中の囲炉裏を囲むように客たちが濡れた旅衣を干していた。一ト間はせいぜい十畳、荷物をおいて横になれば十人ほどで一杯になった。

「お侍さんがお二人と、お医者様がお泊りだから、ほらほら、そこを空けて前の間に移りなよ」

　喜助は客を追いやり、奥の間に三畳ほどの余地を作った。

　そこに幼い女児をつれた旅の母子が入ってきた。ひどい濡れ方で、女児は激しく咳き込んでいた。

　龍庵がそれを見て腰を上げようとすると佐衛門がそれを遮った。

「女児が咳をしている。私は杏子の種を持っています。これは咳に良く効く」

　佐衛門は呆れた顔を作った。

「まあ、落ち着きなさい。あの母子は物貰いだ」

「物貰い？」

「さよう、物乞いですよ。この宿は雲助からあんな物乞いまで誰でも泊めます。だから、いちいちかまっていたら、その内、身ぐるみ剥がされますよ」

「しかし、物貰いだか眼病だか知らぬが、あんなずぶ濡れになって胸を病んだら大ごとだ」

母子は使い古した雑巾のような帷子に、汚濁した木綿の上っ張りを羽織っていた。女児の顔は擦り切れ、栄養不足や不潔による鱗屑（はたけ）がまるで秋の鰯雲のように顔を覆っていた。

「子供には責任はあるまい」

龍庵はそう言い残し、女児の所へ行った。

「私は医者だ。咳がひどそうだ。胸を開いてごらん。音を聞いてあげよう」

龍庵はそう言うと、女児の胸に手をやった。

その瞬間であった。女児は龍庵の襟（えり）に素早く手を入れ、道中財布をすーっと抜き取った。母親は女児を抱きかかえ跳ねるように立ち上がると、一目散に木賃宿から飛び出したのだ。あっという間の出来事だった。

龍庵が呆気にとられていると、宿の外で木を叩（はた）くような音がした。慌てて外に出ると佐衛門が仁王立ちをしていて、その前にうずくまる女児と、顔を両手で覆い怯える母親の姿があった。泥濘んだ地面には龍庵の財布が落ちていた。佐衛門は事を察していて外で控えていたのだ。

「ほれ」

佐衛門が道中財布を拾って龍庵に向かって投げた。

「この者たちは物を乞うだけではない。相手が油断したとみると金子を盗み、旅道具をせしめる」

龍庵は惨めであった。世間知らずも過ぎる。

「この優しい医者様の心を察して番所に突き出さずに放免するが、二度と私たちの前に姿を現すではない！」

佐衛門がそう言い含めると、二人は黙って街道の裏に消えた。

その夜、龍庵は一睡もできなかった。物貰いの母子のことも心配だったが、何よりか細い行燈の光に浮かぶ木賃宿の住人たちが鬼か物の怪に見えてきて不気味でならなかったのだ。仁平は大鼾（いびき）をかいて熟睡しているし、佐衛門は太刀を抱えたまま、壁に寄りかかってピクリともしない。いつでも戦いに臨む、武士とはこういうものなのか……。

翌朝は深い霧だった。まだ陽が出ない前に龍庵たちは身支度をして、宿を出立しようとしていた。その時、宿の脇の陰で聞き覚えのある咳音（かくおん）が聞こえた。龍庵はそこを覗くと昨晩の物貰いの母子が佇（たたず）んでいた。昨晩の夜半には雨は止んだが、夜露で服はぐしょぐしょであった。

龍庵は襟を閉め、道中財布を深く仕舞い込むと、二人に近づいた。

「大丈夫か？」

龍庵が女児の額に手をやると、女児は激しく体を捩った。

「ひどい熱だ……」

女児はぐったりとして肩で息をしていた。母親も体調が優れないらしく、何かを訴える目で龍庵を見ていた。

――好きこのんで貧乏をしているのではない。こんな山深い宿場まで来て物乞いをし、あげく金子を盗もうとして、雨の中を一晩母子が抱き合いながら過ごしたそのありさまはどうだろう。

佐衛門が龍庵の肩を叩いた。

「私たちは先を急ぐ。立雪さんの気持ちは分からぬでもないが、これから先はもっと厳しい現実が待っていますよ」

龍庵は佐衛門を見つめた。

「どんな現実です？」

「飢饉ですよ」

龍庵は黙った。ここ数年、全国で深刻な飢饉が起きていたことぐらい、世間知らずの龍庵でも知っていた。

『おいらの故郷の都留や江戸に少し登った与瀬や小原もひどい不作で……』

龍庵は宮大工だった清二の一言を思い出した。

その事を考えると、龍庵はひどく肩が凝った。

龍庵は物貰いの母子の前に腰を落とし、腰の薬袋を兼ねた煙草入れから和紙に包まれた竹瀝（ちくれき）の粉を取りだした。竹を火であぶると、切り口から粘り気のある油がにじみ出てくる。この竹の油を竹瀝と言った。それを乾かし粉状にすると熱冷ましの特効薬となった。それを常の母に渡した。

備薬として旅に供していたのであった。それに咳止めである杏子(あんず)の種を砕いたものを物貰い

「いいか、この二つの薬を合わせて、この子に、これから三回、朝、昼、晩と飲ませたらよい。そして、今日は天候が優れそうだから、衣服を乾かし、この子の肌を痛いと言うほど拭いてあげなさい。沢山垢が出たら、身体をよく洗い、もう一度乾いた布で拭くんだ。良(い)いね。そうすれば、この子はじき良くなる」

物貰いの母は頷き、龍庵の薬を受け取った。

女児がまた激しく咳をした。

痰が絡まり、ひどい肺の病に侵されているのが龍庵には良く分かった。

——助からないかもしれない……。

龍庵はいたたまれず「長谷口さん、そろそろ行きますか」と自分を振り払うように言った。

「大丈夫か？」仁平が顎で物貰いの女児を指した。

龍庵は横に首を振った。

「このままでは、衰弱して……じき」

「何か、この辺りで薬草を探すか？」

仁平は真剣だった。龍庵は仁平の肩を叩き精一杯の強がりを吐いた。

「私たちには先がある。そう長谷口さんも言っていただろう」

その時、木賃宿から出てきた極道たちが叫んだ。

「昨晩(きのう)のコソ泥の親子がまたお侍さんたちにたかっているぜ」

その声が駒木野宿の街道に響いて撥ねた。

佐衛門が珍しく声を荒げ、怒鳴った。

「お前たちのような逸れ者にこの母子の痛みが分かるのか！」

極道たちは佐衛門のあまりの剣幕に腰が砕けた。


駒木野宿を出て坂道を少し登ると道は広く平らになった。そこから小仏関所の東門が見えた。東門の前は山から湧く沢を堰き止めお堀のようになっていて、そこに橋が掛かっていた。苔むした橋の欄干に「駒木野橋」のくすんだ文字が浮かんでいた。

関所の周囲は竹矢来が組まれていてかっての江戸守護の要の関所であったことがうかがえた。

東の関所門をくぐると右手に間口七間三尺ほどの番所があった。そこで、旅人は往来手形を見せるのが定めである。

小仏関所の「伴頭」は落合直亮といって、佐衛門よりはずっと年下だが、奉行所で半年に一度開かれる武術大会に必ず参加していた。剣道の才優れ、寡黙だが、はっきりものを言う直亮に佐衛門は好感を持って接していた。

じき、東の関所門が開き、三名の番士が面番所に座った。

ところが、その中に佐衛門が知る落合直亮の顔がない。

佐衛門たちは江戸町奉行所の出役の証文手形を携えていたので、特段の吟味はない。番所を越えた辺りで佐衛門は面番所の番士に声を掛けた。

「伴頭はおられるか？」

佐衛門が訊ねると、関所の番士は怪訝な顔を作った。

「拙者が伴頭だが？」

「お主が？　落合直亮殿ではないのか？」

「いえいえ、直亮は私の兄です」

「兄？　では直亮殿は？」

判頭は周りに気を配りながら、

「実は、この春ですが、兄は家督を私に譲ったのです」

関所の伴頭は落合直澄と名乗った。

「あなたは兄のお知り合いで？」

「ええ。遅れました。拙者、江戸町奉行所の与力、長谷口佐衛門と申します」

「そうですか。それは、それは」

「なぜ、兄上は家督をあなたに譲ったのです？」

直澄は頭を少し捻るようにしてしばらく考え込んだ。

「江戸は今、どうです？」

「どう、と言いますと？」

「いや、つまり、不穏な動きは？」

探るような言い方だった。

「実は……、兄は、江戸に出て、倒幕運動に参加しているらしいのです」

「倒幕！」

直澄は慌てて、佐衛門の口元塞ぐような所作をした。

「大きな声を出さないでください。他の番士に聞かれたら事です」

佐衛門は最近の江戸を思い浮かべてみた。無責任が横行し、武士までが商売に手を出し、ここのところの飢饉を良い事に、米の買い占めに手を貸す悪徳の同僚がいる事も知っていた。

――江戸ではあちこちで脱藩した浪人たちの不穏な動きがあることは承知している。表沙汰にはなっていないが、浪人たちの中には倒幕を叫ぶ者もいるという。小仏関所の一役人である落合直亮が倒幕運動に参加したとなると、倒幕の裾野が勢いよく広がっている事になる……。

佐衛門はそんな現実を目の前に突きつけられたようで、立ちくらみがする思いだった。


小仏関所を超えると、山道が険しくなった。杉と檜(ひのき)、赤松、唐松そして楢(なら)の木の混合林は深く、霧に包まれると街道の筋さえ見えないほど真っ白になった。ここのところの長雨で山道は泥濘(ぬかる)み、そこに獣たちの旺盛な足跡が幾重にも重なっていた。

濃霧の隙間から久しぶりの陽光が射し込みはじめると、陽を待ち望んでいた大量の虫たちが、旅人を容赦なく襲った。小蝿、藪蚊、蚋(ぶゆ)の類が、息もできないほど行く路を塞いでいた。

龍庵たちが峠に差し掛かった時はだいぶ陽も上がってきた。

峠から西は伐採が進み、一帯が明るく開けて見えた。深い谷は相模の渓谷であろう。残滓した霧が谷間を覆い、長雨に澱んだ田畑が陽に反射して輝いて見えた。

峠では、番所の足軽が粗末な改め小屋の外で怠惰そうに木壁に寄りかかっていた。関所を通らずに山道を抜けて江戸に向かう「山抜け」を見張っているのだ。

佐衛門が足軽に訊ねた。

「小原宿の封人の家はどの辺りが、存じているかな?」

「封人、ですか?」

「そうだ。野火坂太郎衛と言う」

「野火坂……。ああ、庄屋さんの!」

足軽は谷の方向を指さした。

「小原宿の外れです。熊野神社の大きな一方松がありますからすぐに分かります」

## 七

小仏峠からの下りは険しい坂道が続くが、半刻もすると次第になだらかになってくる。そこに弘法大師縁(ゆかり)の一町の石柱が立っていた。

「小原宿まで五町也」

風景は拡がり、鮎川の深い谷を左手に見て正面に小原の宿場と背景の山並みが良く眺められた。

その風景を眺めていた仁平が突然「あっ」と声をあげた。

「これはえらいことだ!」

仁平は、棚田の水田を指差して叫んだ。

いつもなら、雨季で水を得た稲穂がぐぐっと背伸びしようとするように力を蓄える時期なのにも拘らず、稲の稈（わら）は萎え、穂の部分は青黒く変色していたのだ。

仁平は泳ぐように畦道に入って稲に手をやった。すると、稲穂の実の部分が音もなく粉のように砕けてしまったのであった。

「こ、これは……。もう、腐っている……」


宿場から少し入った寺の参道の辺りで人だかりがあった。門前に大きな石碑があり「浄土宗　薬王山　願勝寺」と彫ってある。

人だかりは農民たちで、急斜面の参道の上まで続いていた。

寺が用意した粥の炊き出しを待つ行列だった。

鐘撞のお堂の横の大きな赤松の枝葉を屋根代わりにして、そこに手ごろな石を二つ置いて急拵えの竈が作ってあった。鉄鍋からは湯気が立ち込め、淡い粃（しいな）の香りが辺りに漂っていた。

人々は両手にお碗を持っていた。

「ひと家族、お碗二つ、という取り決めです。子供が多い家族は女房にもうお碗一つを持たせます」

作務衣を着た老僧が龍庵たちにそう声をかけた。

「私はこの寺の住職で智顕（ちけん）と言います。どちらからですか？」

智顕と名乗った僧は、物腰がしなやかで深い教養が感じられた。

「私は江戸町奉行所の与力、長谷口佐衛門と言います。こちらが、同心の烏丸さんと養生所の医師、立雪さんです」

「養生所の医師？」

何故か、智顕は龍庵に興味を示した。

「ひどい状況です。二年続けての飢饉で、蓄え玄米まで食べてしまいました。あとは粃(しいな)が残っているだけです。私たちの寺の蓄えもあと、せいぜい、半月というところでしょうか。早く、封人さんが米を工面してくるのを仏に祈るだけです」

佐衛門は目を細めると、瞼の奥が光った。

「そのことで、少しお話をうかがえますか？」


願勝寺の講堂に案内された三人の前に、僧衣に着替えた智顕が現れた。

智顕は講堂の仏像に手を合わせ、暫く念仏を唱えた。そして、すーっと身体をひねるようにして龍庵たちに対峙した。

「お待たせしました。長旅とこの雨でさぞ、お疲れでしょう。もう、この地ではろくなおもてなしもできませぬが」

智顕の笑顔が苦笑に変わった。

佐衛門は太郎衛が死ななければならない本当の理由(わけ)を知りたかった。

毒を麴って自害したとするのなら、それなりの背景があるはずだ。殺人だとすれば、外堀から事実を埋めてゆくのが吟味立ての常道だ。この界隈の事情に詳しい智顕はその点では打ってつけだ。

「ここの封人の野火坂太郎衛殿は誰かに恨まれるようなことはありませんか？」

佐衛門がそう訊ねると智顕は訝しげな目を作った。

「恨まれる？　太郎衛殿が、ですか？」

智顕は固唾を飲み、喉を鳴らした。

「な、何か、あったのですね？」

「実は、四日前になりますが、太郎衛殿が、江戸の旅籠で絶命しているのが見つかりまして」

智顕は言葉を失った。

「ま、まさか……」

「死因は毒。毒を噛んで亡くなっていました」

「毒！」

佐衛門は太郎衛の遺品を智顕の前に並べた。

「本来ならば、先に遺族の方にお見せするのが道理ですが、住職ならばこの界隈の事情にもお詳しいでしょうから、まず、見て頂きましょう」

和紙に包まれた遺髪、道中財布、そして矢立てと麻綱が並べられると、智顕の唇が震えた。

「これらは太郎衛殿のものに違いありませんか？」

智顕は矢立てを手に取った。

「この矢立ての筆入れの巾着は私が道中の安全を祈念して太郎衛殿に進呈したものです」

滂沱寸前の声だった。

「ところで、ご遺体は？」

「浄土宗のお札をお持ちでしたので、奉行所の融通がきく葛飾の蓮池院光増寺に仮埋葬を致しました。遺族の方がいかれれば、遺体を引き取ることもそこで供養されることも叶います」

佐衛門がそう言うと、智顕は扇子を両手で合わせて深く頭を下げた。

「浄土宗の光増寺さまでしたら、これは有難いことです。そこまでお気遣いを頂き、さぞ、太郎衛殿も……」

「ところで、太郎衛殿がかような災厄に遭うのに、なにか思い当たることは？」

智顕は扇子を一度畳に置くと、僧衣の裾を回転させるようにして、佐衛門を見た。

「太郎衛殿は生き仏のような方です。この飢饉を見かね、自らの財産を処分し、当面の金子を用意し、江戸に出て米を買い出しに行くことを決心したのです」

その時、仁平が慌てて前に顔を突き出した。

「それはご法度です。江戸の米を地方に流すことは固く禁じられています」

智顕は困ったように頷いた。

「もちろん、私たちも心得ています。それを覚悟の上で……」

智顕は思案の表情を作り、今度は龍庵の方へ体躯を捻った。

「立雪どのは、確か小石川養生所の医者さま？」

龍庵は顎を引いた。

「実は……、ついこの間です。小石川養生所に出入りする商人が太郎衛殿と会いたいと申されて」

「養生所に出入りする商人？」

佐衛門の口元が鋭く尖った。

「ええ、養生所から出る余剰米を保管している。よかったらそれをお分けしようと言うのです」

「養生所の余剰米を？　それは隠蔽米(いんぺいまい)ではないか！」

佐衛門の口調は厳しい。しかし、智顕は動ぜず、穏やかな言葉で続けた。

「そうです。しかし、流通米を私たちは買い求めることが許されない。ご法度です。それで止むを得ず闇米に手を出さざるを得ない。しかし、隠蔽米は市値の数倍は高い。ところが、この養生所の米は流通米よりむしろ安いのです。それで、太郎衛殿はその話に飛びついたのです」

智顕は失意を含んだため息を吐いた。

「小原村の人たちを飢え死にさせるわけにはゆきません」

「その隠蔽米を売りつけようとした商人はどんな奴です？」

佐衛門はそう質した。

「私は直接会っていませんので分かりませぬが、太郎衛殿の話だと、白山辺りで商いをしている……、たしか『キキョウヤ』の利一(りいち)とかいう手代風情だと聞いています」

養生所から白山は近い。しかし、誰もこの店(たな)の名を知らない。

寺の小僧が茶を運んできた。

仁平が茶の臭いを嗅いで怪訝な顔をした。

「これは葛の葉ですか？」

智顕は、改めて仁平を畏敬の表情で見た。

「お侍さまで、これが良く葛だとお分かりになりましたね？」

「烏丸さんは御薬園の薬草吟味方の同心なのです。ですから、かような葉っぱの類には詳しいのですよ」

そう佐衛門が笑って答えた。

仁平が続ける。

「ここいらでは、秋物の葛も収穫をしているのですか？」

智顕の眉間が辛そうに絞られた。

「ここは耐えて、秋に十分な栄養を蓄えた葛の根茎を収穫するよう百姓たちに話してはいるのですが、もう、それどころではなくなり、今日の餓えをしのぐために葛も採ってしまっています。葉も粥に入れて少しでも腹の足しにしています」

鐘楼の鐘が鳴った。昼の四つを告げた。

陽が願勝寺の苔に覆われた庭園を照らした。葉に残った雨露に陽が反射してきらきらと光った。

しばらくその風景を眺めていた智顕が独り言のように呟いた。

「この調子で陽が続けば、わずかに生き残った稲も立ち直るのですが。そうなれば良いのだが……」

智顗は野火坂太郎衛の不可解な人生の顛末を語り始めた。

「太郎衛殿が家督を継いだのが、二十五歳の時でした。父上の突然の御逝去で慌ただしく嫁を迎え入れました。与瀬の名主の娘で、信子という、たいそうな器量良しと評判でした。齢、十八だったと聞いています。ところが一年たち二年たっても子供を孕む様子がない。周囲も心配して諏訪大社まで祈願に行き、本山でも法要を取り仕切ったほどでした……」


――話は三十数年前に遡る。

太郎衛と妻の信子は熊野神社の参拝を終え、秋の冷気に震える信子を連れて美湧谷の鉱泉に向かっていた。小原の宿から山道をしばらく登ると、平らな草原のようなところに出て、そこには鉱泉で体躯を癒す旅人相手の湯屋と茶店が数軒並んでいた。その一角でざわめく人だかりがあった。太郎衛たちがその人だかりに近づくと、この世のものとは思えぬ馨しい鳴弦の音曲が聞こえてきた。

「さるほどに、入道相国の御娘、建礼門院、その時はいまだ中宮と聞こえさせ給ひしが、御悩とて、雲の上、天が下の歎きにてぞありける……」

太郎衛は目を瞑り、暫くその語りに聞き入っていた。

「平家琵琶だ。平家物語の三巻、赦文の一説だよ」

信子にそう語りかけると、信子も目を瞑って聞き入った。

「旅芸人でしょうか？」

信子が訊ねた。

太郎衛は一歩前に出て、人だかりの隙間から奥を覗いた。

「歩き巫女（みこ）だ」

「歩き巫女？」

「そうだ。全国をあの恰好で歩いて祈祷（きとう）をし、ある時は神がかりの託宣をすることもあるが、旅芸人のようなもので、ああやって平家物語を唸って金子（きんす）をせびる」

　太郎衛はもう一度人だかりを除けて前に出た。

　艶のある髪を後ろで束ねていた。深紅の巫女紅袴に、白の小袖に結い袈裟を羽織っていた。驚くほどの色白で、厳しい街道を巡礼する歩き巫女とは思えないほど透き通るような肌をしていた。その歩き巫女が抱えていた平家琵琶は楽琵琶よりずっと小ぶりで撥（ばち）だけが手に余るほど大きかった。しかし、それだけに深い響きがあり、太郎衛は時々村祭りなどに招かれる盲僧の琵琶よりよほど達者だと思った。

　太郎衛がふと歩き巫女の膝辺りに目をやると、竹笹の籠に蠢くものがあった。それは赤子であった。生まれてまだ、数ヵ月、一年はたっていないだろう、と太郎衛は思ったという。

　平家物語の「敇文」の前半を謡い終えると、歩き巫女は琵琶を胡座（ござ）の上に置いて音曲が終わったことを告げた。人々はわずかな金子を茶碗の中に放ると、人ごみが無言のうちに解けた。

　赤子がぐずったので、歩き巫女はその子を抱きかかえ、座ったまま小袖の襟（えり）を拡げ豊満な乳房を引き出すように曝すと赤子に乳を与えた。

　歩き巫女は太郎衛に気が付き、深く頭を下げた。

太郎衛は歩き巫女の所に歩み寄った。

「私はこの宿場の封人だ。旅人の面倒をみるのが役目だが、今日の宿はあるのか？」

歩き巫女は爽やかな笑顔を作って、頭を上げた。

「私などに勿体ない、ご親切なお言葉、嬉しゅう存じますが、ここ美湧谷の鉱泉の湯女(ゆな)をさせて頂く約束になっています」

歩き巫女の話す声は平家物語を謡う時とは違って、秋の鈴虫のような囁く繊細さがあった。

「そうか、それはよかった。御子を大切にな」と太郎衛が気遣うと、歩き巫女はもう一度畏まった。

その時、太郎衛は歩き巫女の手がひどく荒れているのに気が付いた。労役で科した傷み具合だった。

「お前の様子からとても百姓には見えないが、苦労した手をしているな？」

太郎衛がそう質すと、歩き巫女は頬を少しだけ紅め、頷いた。

「遊行のお砂持ち(すなもち)で……」

「遊行の？」

「ええ、橋をかけ、道を開き、井戸を掘る。無償の奉仕をされた聖(ひじり)、遊行上人様の行いに従って湿地に参道を作るため、砂を運ぶ。つまりお砂持ちの行です」

太郎衛は腰を落とし歩き巫女と同じ目線となって訊ねた。

「お前はもしかして、時宗の御方か？」

歩き巫女は少し照れた表情を作って「まだまだ、半可通の修験者ですが、一遍上人様には深く帰依させて頂いております」と答えた。

その歩き巫女の名は「齋」と言った。昼は小原宿のあちこちで熊野比丘尼の観心十界図や、平家物語を聞かせ、「南無阿弥陀仏」と書かれた念仏札を配って廻った。夜になると美湧谷の鉱泉宿で湯女をしていた。


智顕はずっと目を閉じ、時折、ため息ともつかない吐息をもらした。

「これからお話しすることは、太郎衛殿がいよいよ江戸に出立という前日、わざわざここにおいでになり、これだけは話しておきたいとおっしゃった……。思うに、これからお話しすることが、太郎衛殿の死に関係があるかもしれない」

佐衛門の目がまた、険しくなった。


地元の湯治客や旅の者は、鉱泉の玄関で履物を脱いで、水桶で足を洗ってから待合に入った。待合は広々とした板間で、手前に竹笹で編んだ籠が積み重ねてあった。その横で女中が「ここで湯賃を払っておくれよ」と客に声を掛けた。着替え場は、一畳ほどの割り竹を編んだ衝立で男女が仕切られていた。向かって右が男、左が女の着替えと定められていた。そこから引き戸を開けると奥に鉱泉が湧き出ている。檜の控え風呂は六畳ほどの大きな方が男、四畳ほどの小ぶりな方が女風呂であった。ただ、その間に敷居はなく、お約束で男女別にしているだけで、酔客など平気で女風呂に入っておかみさんたちをからかったりした。

男の着替え場の右手には、目の細かい格子の衝立があった。その奥に齋が詰めている各個風呂があった。春を求める男たちは、仕切りの女中に金子を渡すと「湯女にも同じだけあげてよ」と言われて「おう、任せなよ」と鯔背（いなせ）な格好をして襖を引いて入ってゆくのだった。

　齋はその各個風呂の脇に、赤子を竹の籠に入れて客を待っていた。

　客が来ると、齋は湯着を脱ぎ、まず男の身体を隅々までシャボンで洗い、そして、一緒に湯につかると、その格好で春を売ったという。


　そんなある日だった。もう冬支度をしなくてはならないという秋口の冷たい風が吹いていた。生憎（あいにく）の天気で美湧谷鉱泉には客がいず、待合で齋が一人で琵琶を弾いていた。そこへ、いつものように火の用心の拍子木を叩き小原宿を見廻る野火坂太郎衛が通りかかった。もう、客も来まいという夜半であった。

　太郎衛は音曲に誘われるままに美湧谷鉱泉の戸口に立って耳を欹（そばだ）てた。天井の高い待合に琵琶の音色が余韻を引っ張るように響き、それは大和絵の幽玄の世界に太郎衛は感じた。戸口に太郎衛の膝が触れ、ゴソという音がした。その時、琵琶の音が止んだ。

　スーッと戸口が開いた。

「あら、封人の……」

　齋の艶が撥ねた。

「外はお寒いでしょうに。どうぞ中へ」

　太郎衛は実際に凍えていた。待合の奥の火鉢にあたりたい気分だった。

「今宵はこの空合で客はいません。鉱泉の仲居さんたちも母屋に引いて、今は私だけです。

いえ、娘がそこで寝てはいますが」

齋はそう言うと、竹笹で編んだ籠の中で寝ている赤子を顎で示した。

「お前は実に達者に琵琶を奏でるものだな」

太郎衛の言葉に齋は俯いて頬を赤めた。透き通るような白い肌に一筋の赤く燃えた流れ星が通り過ぎたように太郎衛は観え、それが艶かしかった。

「続きを聞かせては貰えぬか？」

齋は撥を一度置いて、スーッと立ちあがった。

齋は待合の奥から白い陶の徳利を持って戻ってきた。

「もちろん、喜んでお聞かせいたしますが、その前に、どうか一献、付き合って下さいな」

齋は体躯を撓うようにしてお猪口を差し出した。

「いや、私は下戸で」

太郎衛が断ると、齋は徳利のまま自分の口腔にたっぷりの酒を含めると、太郎衛の顎を強引に抑えるようにして唇を合わせた。淡い呻吟と共に齋の口腔に溜まった酒が一気に太郎衛の喉に流れ込んだ。

太郎衛はそのままゴクリと音を立てて飲み干してしまった。

「お酒というものは美味なものでしょう？」

齋の声を太郎衛は意識の遠くで聞いたような気がした。

今度はお猪口にお酒を注ぎ、

「どうぞ、もう一献」

太郎衛は為すすべもなくそれを受け取り、唇にお猪口を当てた。すると、齋はお猪口の反対側を自分の唇で抑え、注ぎ込むようにお猪口をせり上げた。酒は太郎衛の脾胃深くに流れ入った。

齋は撥を構えて琵琶を抱くと上目遣いで太郎衛を見た。妖艶な唇が少し開いた。

「花はいろいろにほへども、主と頼む人もなく、月は夜な夜なさし入れども、ながめてあかす主もなし」

平家物語灌頂巻(かんじょうのまき)の大原入り。平家物語が収斂してゆく最後の圧巻の場である。それを齋は謡い始めた。

太郎衛は意識が遠ざかるのが分かった。平家琵琶が鳴り響く中で、太郎衛は齋の肉体を貪り、自身の肉塊を弄ばれ、そして果てていった。夢なのか現実なのか……。

それから半年が経った。美湧谷鉱泉の湯女の齋が誰かの子を孕んだらしい、という噂が立ち始めたのも丁度その頃であった。

太郎衛は齋との秘め事を忘れることはなかった。何度、客が引けた夜半に鉱泉を訪ねようかという衝動にかられたか分からない。しかし、その度にその誘惑を撥ね退け月日だけが過ぎていったのだった。

悲劇はその頃に起きた。

太郎衛と妻の信子は子宝祈願のため大月の岩殿山の麓で湯治をして、三島神社で祝詞をあげてもらい、帰路についた。鶴川を越えたあたりで信子が喉の渇きを訴えた。太郎衛は街道沿いの一軒の農家で水を所望した。

旅の心得として持ち物はなるべく軽くするのが肝要である。大きな街道筋では然るべき所で水が手に入ったので、多くの旅人は水筒を持たずに歩いた。その農家も心得ていて、庭先の桶に水を貯めてあり、その水を柄杓ですくって木茶碗に入れて旅人に供していた。

信子は美味しそうにその水を飲んだ。

信子に異常が出たのはそれから一刻ほどした頃であった。足腰が頼りなくなり、しばしば座りこむようになった。その上、ひどい熱が出てきたのだ。信子は太郎衛に「厠を探してくれますか？」とか細い声で嘆願した。

太郎衛は近くの農家の厠に信子を抱きかかえるように連れて行った。

四半刻ほどして、信子はひどい痙攣を起こして厠の縁に倒れこんでしまった。驚いた農家の主人が縁台に信子を寝かせると、農家の女房と娘が湯を用意して、漏らした糞便を拭いた。

「ひどい下血です」と女房が縁台で控えていた太郎衛に血に染まった手拭いを見せた。

「下血！」

太郎衛はまず血痢を疑った。血痢とは赤痢のことである。おそらく先程の水が原因だろうと思われた。信子の顔は血の気が引き真っ青になっていた。農家の女房は垂れ流れ出る血便を止めるため、麻布を褌（ふんどし）のように腰に巻き「ここいらの若者に声を掛け、木板に乗せ、医者のいる与瀬まで運ばせましょう」と言った。

信子は旅で疲れていたのか、体力が消耗していたのか、与瀬に運ばれた時は虫の息となっていた。血痢には珍しい劇症で、いろいろ手を尽くしたが、じきに息を引き取ったのだった。

幸いだったのは信子の実家で家族に看取られて逝った事である。

わずか二十一年の生涯であった。

太郎衛は突然の女房の死に、四十九日の法要が過ぎても人前にさえ出られないほどのひどい落ち込みようであったという。太郎衛は誰彼構わず「天罰だ」と叫んだ。斎とのたった一度の目合いが太郎衛の心に深く重く抉れ入り込んでいたのだった。


夏の草花が旺盛に咲き乱れ、程よく雨を得た稲穂が元気よく背伸びをしようとする、そんな頃であった。

太郎衛はようやく妻、信子の死を受け入れ、封人の仕事に復帰できるまでに元気を取り戻していた。旅人改め所の柵や旅人の安全を守る道標の手入れをした。そんなある日、聞き覚えのある琵琶の音が熊野神社辺りで聞こえた。

——齋か？

太郎衛はその音に誘われるまま、熊野神社に向かった。

街道筋から一本山側に入った畦道には車花が群生していた。そこに老松が大きく枝を拡げているが、その枝は西にしか伸びていない。だから、その松は熊野神社の一方松と呼ばれていた。言うまでもなく、熊野の古道、中辺路の野中の一方松の由来に倣ったものである。

その下に齋はいた。巫女袴がまるで車花と溶け合うように鮮やかな深紅に燃えていた。

齋は太郎衛に気が付くと少し照れたように頭を下げた。

齋の横には巫女袴を引くようにして立つ女児がいた。そして、その女児が入っていた竹笹で編んだ籠に生まれて間もない赤子が入っていたのであった。

「この度は奥方様が……」

話しかけてきたのは齋からであった。

太郎衛は頷いて竹笹の籠を見た。

「女児か？」

太郎衛がそう言うと、齋は小さな声で「はい」と答えた。

齋は籠から赤子を抱きかかえると、太郎衛の顔の高さまで上げた。

「おお、可愛い良い子だ」

そう言って太郎衛ははっとした。目元から口に掛けての造作が自分そっくりであったのである。

──この歩き巫女は湯女として毎晩のように男を迎え、一体誰の子か分かるわけもない。偶さか、私に似ているだけだ……。

太郎衛はそう自分に言い聞かせた。

「私はこれから巡礼に出ます。歩き巫女は一年とは同じ所にいられないのが定めですから」

齋は淡々とした口調で太郎衛にそう告げた。

「そうか、せっかく馴染んだのに残念だな。これからどういたすのだ？」

「ええ、西に下るか、東に上がって、また湯女でもするか、思案しています」

「赤子を抱えて大変じゃの」

齋は太郎衛を見つめると唐突に言った。

「この子、大事に育てまする。お前さまの子だから」

「な、何を申す！　お前のような湯女は相手の見境もなく春を売る。誰の子だか分かったものではない」

太郎衛は激しい口調でそう返すと、齋は笑顔を作ってもう一度、太郎衛を見つめた。

「心配なさらないで下さいまし。誰にもお前さまの子などとは言いません。ただ、この子は間違いなくお前さまの子。きっと情け深い、尤（ゆう）な子に育つと思います」

そうして、歩き巫女の齋が小原宿を誰にも告げずに去ってまた数年が経った。太郎衛もすっかり元気になって、以前のように封人として旅人の安全と見廻りをしていた。ただ、二度と嫁を迎え入れることはなかった。


「僧都せんかたなさに、渚に上がり倒れ伏し、幼き者の乳母や母を慕ふやうに足摺をして、これ乗せて行け、具して行け、とて、をめき叫べども、漕ぎ行く船のならひにて、跡は白波ばかりなり」

琵琶法師の玄清が小原の宿に姿を現したのは、歩き巫女の齋が美湧谷鉱泉を去って三年目の春であった。

玄清は、熊野神社の境内で、平家物語三巻の御赦免船が俊寛を残して鬼界島から離れてゆく様を描いた「足摺」の一節を謡うと、聴衆を見回した。

「ここに封人の太郎衛という者が在しておるか？」

琵琶法師は片目がつぶれ、もう片方の目も白く濁っていた。完全な盲目ではないらしく、杖をたよりに自由に歩く事が出来た。精悍な顔つきは武士の成りを思わせた。平家琵琶は齋がもっていたものより一回りも大きく、撥も硬く太かった。その法師が一弦を撥ではじくだけで、まるで雷が落ちたように轟いた。

そして、法師の肩の頭陀袋に歳の頃三つくらいの女児が、芋虫がぶら下がるように入っていた。髪の毛を頭頂で結い、真っ白な肌が春先の寒風に削がれるように頬だけが赤く、それはまるで巫女の紅袴に見えた。

近くにいた人足が大慌てで太郎衛の家の木戸を叩いた。

「封人さん！　太郎さん！」

「どうした？　おお太吉さんじゃないかい。どうした、そんなに慌てて？」

荷車人足の太吉は息を切らせながら「琵琶法師が！」と叫んだ。

「琵琶法師がどうした？」

「いやね、熊野さんの境内にえらい恰幅の人相が怖い、盲目じゃないんだが、杖もって……」

「なんだい、太吉さん。少し落ち着いて。その琵琶法師のなりはいいから、何があったんだい？」

「だから、そのなりの怖い琵琶法師が何かを謡って、そしたら」

「そうしたら？」

「ここに、封人の野火坂太郎衛は在しているか、て」

「私を名指しにした、というのかい？」

「へえ、さようで。それでこりゃ、一大事だと、慌ててお知らせに」

　太郎衛は笑って、

「それはかたじけないね。でも、琵琶法師がなぜ、私を？」と答えて、ふと、熊野比丘尼の霊異な生涯を思い出していた。

　熊野比丘尼は、乞食と托鉢という三百四十八の教理を成就し出家した、仏の灌頂である具(ぐ)足戒(そくかい)を受けた熊野の尼(おんな)僧である。

　熊野比丘尼は熊野信仰を広めるために、仏の教義や経典、寺社の縁起を描いた曼荼羅図、涅槃図などを用いて、熊野三山への喜捨を集めながら、絵解きと呼ばれる勧進を行った。しかし、敵対する宗派からの迫害も激しく、熊野比丘尼は様々な姿に変えて諸国を巡礼していた。琵琶を抱え、小栗判官伝説や道成寺物語、あるいは平家物語などを謡っていたことから「歌比丘尼」とも呼ばれていた。

　――齋は熊野比丘尼の化身だったのかも知れない。

　太郎衛は齋をそう想い、胸に熱いものを感じた。


「時衆の民……」

　太郎衛は仄かな憧れをもって、この言葉を反復した。時宗の、仏教にありながら熊野権現に帰依する修験者たちを、人々は尊敬を込めて「時衆の民」と呼んだ。時宗の開祖、一遍上人は熊野本宮大社がある大齋原(おおゆのはら)で熊野権現の啓示を受け、以来、時衆の民はある時は山伏姿で、ある時は比丘尼として、またある時は法師姿で全国に散らばっている熊野神社を巡った。

そんな中に齋のような歩き巫女もいたのであった。

　太郎衛は不本意な別れ方をしてしまった齋のことをひと時も忘れることはなかった。琵琶法師が自分を探している、と聞いて、すぐに齋を連想したのだ。

　その時、玄関で琵琶の弦が撥ねる音がした。

「やつが来ました。追い返しますか？」

　太吉が腕をめくった。

「いや……」太郎衛は太吉を制した。

　すると、琵琶法師は……、

「僧都せんかたなさに、渚に上がり倒れ伏し、幼き者の乳母や母を慕ふやうに足摺をして、これ乗せて行け、具して行け、とて、をめき叫べども、漕ぎ行く船のならひにて、跡は白波ばかりなり」

　再び平家物語三巻の「足摺」を謡った。

　太郎衛は膝を叩いて叫んだ。

「おお、これは鬼界島の物語で、康瀬入道が大赦で帰洛できたのは熊野信仰のお蔭という足摺の一節だ。やはり時宗の法師なのだ」

　事情が読めない太吉が呆然としているのを横目に太郎衛は玄関を勢いよく開けた。

　そこには恐ろしいほどの体躯の法師が仁王立ちをしていた。六尺はゆうに超えようかという大男で、法衣を纏っている法師姿ではあるが、結い袈裟を首からかけ、錫杖（しゃくじょう）と最多角念珠（いらたかねんじゅ）をぶらさげ、脚絆という修行姿はまさに山伏のそれであった。身の丈もある樫の硬木の杖を右手で持ち、平家琵琶を左腕で抱いていた。

　そして、肩からは頭陀袋をぶら下げていた。

　その中に女児がいた。

　女児は太郎衛を拝むように見つめていた。

　太郎衛は女児の目を見て、心(しん)の臓腑が止まるのではないか、と思うほど驚いたという。

　齋の瞳がそこにあったのだ。

　もう、それは太郎衛の人生、唯一回の姦淫の果ての子ではなく、齋への思慕が送りたもうた神からの遣い物に思えた。

　琵琶法師の玄清は天上からの目線で太郎衛を睨むように見ると、

「野火坂太郎衛殿か？」と訊ねた。

　太郎衛ははっと我に返り、玄関で立ちすくんでいる太吉の尻を叩いた。

「太吉さんはいいから、お仕事に戻りなさい」

　太郎衛は太吉が去るのを確認すると、両手を合わせた。

「長旅でさぞお疲れでしょう。いま、賄いの者に御足の洗い水を運ばせます。まずはここにお座りください」

　すると、玄清は大きく首を横に振った。

「私は諸国を放浪している謡い法師。卑陋(ひろう)の身です。かような封人の邸(やしき)の玄関から上がるなど定めを逸脱しておりまする。縁台に回りますので、そちらで」

　玄清はそう言うと、杖を立てたまま「南無」と唸って玄関を出た。

玄清は山伏たちが使う笈を縁台に置いた。そして、肩に掛けていた頭陀袋を首から外した。女児が顔を出し、這って頭陀袋から出てくると、太郎衛の胸元に顔を沈めた。太郎衛は思わず女児の小さな体躯の背中に手をやった。

厳つい顔の玄清の口元にわずかな笑みがこぼれ、白濁した瞳から一筋の涙がすーっと流れ落ちた。

「この女児は？」

玄清は杖を縁台に掛け、錫杖を法衣の腰板にしまうと、琵琶を持ち、撥で一弦を激しく叩いた。

べーん、べーん……。

その音は悲哀に満ち、太郎衛の胸を抉るような激しい意志を感じた。

玄清は、目を大きく開き、むぅうと唸り、平家物語第三巻「足摺」の続きを謡った。

「いまだ遠からぬ船なれども、涙にくれて見えざりければ、僧都高き所に走り上がり、沖の方をぞ招きける。かの松浦小夜姫が唐土船を慕ひつつ、ひれふりけんも、これには過ぎじとぞ見えし」

太郎衛は女児を抱き直し、目を瞑りその謡いに聞き入った。

「過ぎじとぞ見えし……」

法師は謡い終えると、大きく呼吸を整えた。玄清の肺臓、喉の強さは恐ろしいものがあった。この長い謡いの段節をほとんど一呼吸で謡い切るのであった。

玄清は琵琶の弦の音調を合わせると、もう一度深く息を吸った。

「花はいろいろにほへども、主と頼む人もなく、月は夜な夜なさし入れども、ながめてあかす主もなし」

太郎衛ははっとした。齋と唯一回の目交いの折に齋が奏でた平家物語灌頂巻の大原入り。それも繊細な女人の響きではなく、体躯の豊かな男の腹から湧き出る声は、地獄の洞穴から物の怪たちが雄叫ぶようなおどろおどろしさがあった。

ところが、玄清は「ながめてあかす」を謡い切って一度長い間を空けると、今度は八音も高く音程を上げ、まるで齋が天に向かって絶唱しているような澄んだ声で「主もなし」と結んだ。

太郎衛はその声に齋と再会した思いで、胸が詰まり、むせび泣きを止めることができなかった。

「齋は……齋はたっしゃか？」

太郎衛の声は絶叫に近かった。

玄清は、琵琶を縁台に置いた。

「わけがあり、齋はこの子を手放さなくてはならなくなった」

「わけ、とは？」

「今は言えない。ただ、元気にはしている」

安堵した太郎衛は、感涙に鼻水を啜った。

「時衆の民は熊野権現のご加護を受けている。この子もそうだ。齋が迎えに来るまで、主と縁のあるこの子を預かってはくれないか？」

太郎衛はこの光景を予感していたような、不思議な気持ちになった。そして、太郎衛の手を弄ぶ女児に深い慈愛を感じた。

「私で……、私で良ければ喜んで。それで、どのくらいの期間お預かりすれば？」

玄清は杖を持ち、笈を担いで言った。

「一年か、三年か、十年か……。ただ、何年になろうとも齋は必ず迎えに来る。その間、私たち、時衆の民がお主とこの子を守護する。必ずお守りいたす」

そして、玄清は「南無、熊野権現」と合掌すると、踵を返して去ろうとした。

「待ってください。この子をなんと呼んだら良いのですか？」

太郎衛が叫ぶように聞くと、玄清は立ち止まり、

「私達は登貴(とき)と呼んでいた……」

「トキですと！」

龍庵が目を丸くして叫んだ。

「お前が担当した病人だな？　不審死をしたという？」

仁平が龍庵に訊ねる。

「いや、それはおかしい」

龍庵は言下にそれを否定した。

「トキは本所あたりの商家の嫁に入って、たしか、嫁ぎ先が材木か何かに手をだし……」

「お前の知るトキさんのことはそんなものだろう？　どこの生まれで、どのようなおいたち

なのか、本当に詳しく知っておるのか?」

龍庵は黙らざるを得なかった。

——確かに、私はトキのことを何も知らない。ただ、朧げな思慕だけだ……。

智顕が聞いてきた。

「それは、養生所の病人ですか?」

龍庵は、トキの病状や人相、そして死に至った経緯を詳しく話した。智顕はまるで、華厳か那智の大滝に吸い込まれるような目になった。そして、少し腰を引くようにして、あらたまった。

「因縁生起ですな」

智顕は話をつづけた。

「太郎衛殿に預けられた『登貴』は時宗の加護を受けている、と評判になり、熊野神社の宮司も私どもの寺でも、祈祷を差し上げ、法要を営みました。登貴は本当に良い子に育ちました。しかし、二年がたち、五年がたち、十年がたっても齋はおろか、時宗の巡礼僧も登貴を迎えに来る事はありませんでした」

太郎衛の家には女中と賄の女が二人ほどいたが、登貴は賄い婦でもしたがらない冬場の水仕事や厠の掃除までこなした。太郎衛は「お前は時衆の人から預かっている大切な身なのだから、そのような作業はしなくてよい」と諭しても、ニコニコと笑うだけで、止める事はなかった。学問にも励み、読み書きは太郎衛から教わり、熊野神社では算盤と漢詩を、願勝寺では講話を教わった。

十歳を過ぎると、いよいよ女らしくなり、目は齋そっくりとなっていった。ただ、ひどく無口で、誰とも親しげに話す事はなかった。同年代の友達も作ろうとはしなかった。ある日、太郎衛が心配して、座敷を掃除する登貴にこう訊ねた。

「お前、友達とは遊ばないのかい？」

登貴は精一杯の笑顔を作ったが、それには答えない。

「お前は遊びたい盛りだろう。ここの女児たちも、貝を合わせたり、毬を蹴ったりして良く遊んでいる。お前も一緒に遊べばよいだろう。なにも一日、掃除に洗濯、熊野さんやお寺さんで学問するばかりではつまらぬだろう？」

太郎衛がそう言うと、登貴は笑顔が綻びるまで大きな声で「はい」と答えた。

「だったら、まだ、陽が高い。熊野さんの塾の周りにお前と同じくらいの女児たちがいつも遊んでいる。そうだ、私の女房だった信子が持ってきた毬がある。それを持っていったらよい。きっと大喜びして一緒に遊んでくれるぞ」

太郎衛は納戸から麻袋に包んだ赤と桃色の糸で織った鮮やかな文様の毬を取り出し「ほら」と登貴に渡した。

登貴は嬉しそうにそれを受け取ったがすぐに躊躇した顔を作った。

太郎衛は登貴がひどく人見知りをしている事に気が付き「それでは一緒に行ってあげよう」と言った。

太郎衛の邸から熊野神社は目の前で、子供たちを集めている「学習塾」は神社の境内の一角にあった。そこに女児たちの喧騒があった。

「封人のおじさん、こんにちは」

女児たちが頭を下げた。

「やあ、みんな元気だね」

女児たちは太郎衛の脇で小さくなっている登貴を見て、怪訝な顔を作った。

太郎衛は登貴を一歩前に出させると、

「この子はおじさんの家で預かっている登貴だ。一緒に遊んではくれないか？」

一人の女児が大きく頷き、登貴の毬を見て叫んだ。

「綺麗な毬だね」

登貴が抱えていた毬の周りに女児たちが集まって来た。

「封人のおじさん。こんな綺麗な毬を蹴ってもいいの？」

「もちろん、いいさ。ただ、おじさんの女房だった人の形見だから、大切にたのむよ」

太郎衛は登貴を置いて邸に戻った。

しばらくして登貴が戻ってきた。

「楽しかったかい？」と太郎衛が声を掛けても返事がない。

「おや？」

太郎衛が縁台に出ると、登貴が俯いて立っている。

「どうした？　喧嘩でもしたのかい？」

登貴は大きく首を横に振った。

そして、毬を太郎衛に差し出すと、

「御免なさい」と言って肩を震わした。

蹴った勢いで毬の毛が解れ、菱形の文様が崩れていたのだ。

「なんだ、毬の毛が崩れたのか。そんなこと心配いらないよ」

太郎衛は毬を受け取ろうとすると、登貴は毬を抱えたまま激しく嗚咽した。

それから、二日、二晩、登貴は一睡もせずに毬を修繕し続けた。そして、三日目の朝、縁台の脇で寝入っている登貴の横には綺麗に修繕された信子の形見の毬が大切に置いてあったという。


智顕はそこまで話して、鼻を啜った。頬に流星のような涙がスーッと落ちた。

「本当に、阿弥陀様のような、健気な子でした」


登貴が十八歳の時であった。甲州街道を小原宿から二つほど下がったところに吉野という小さな宿場があって、そこの庄屋が太郎衛を訪ねてきた。

その庄屋は太郎衛にこう話を切り出した。

「親戚筋に江戸で商売をやっている者がいて、そもそもがここいらの出身なので、この地の女子を嫁に迎えたいという望みだ。小原宿の封人に熊野権現の加護を受けた養女がいる、と話をしたら是非、御縁を取り持ってもらいたい、というのでいかがだろうか？」

太郎衛は時衆との約束の子を嫁に出してよいものか長く悩み、返事を七日ほど待ってもらった。

――登貴が嫁に行くのか……。

そう思った太郎衛は、心の芯に大きな空洞ができ始めているのに気が付いた。

八日目の朝、太郎衛は紋付き袴に着替え、嫁入りの受け入れをお願いするために登貴を伴って吉野に出かけた。

「お別れは、それは太郎衛殿にとって辛いものだったようです」

智顕はその時の光景を想いを馳せるように言った。

「太郎衛殿にとって、登貴は実の娘だが、それは口が裂けても言えない。熊野神社の宮司が熊野権現の守護者として登貴の父親がわりに江戸の婚礼に同行しました。太郎衛殿にとって永久(とわ)の別れでした」

語り終えた智顕は、安堵したようなため息をついた。

「これから、太郎衛殿の邸に行かれるのかな？」

「ええ、そのつもりです。ただ、御親族がいない、という事ですので、この遺品はこの寺で預かって頂けましょうか？」

智顕は遺品を見ながら太郎衛を懐かしむように呻(すだ)った。

「いつも善人が先に逝ってしまいます……」

また、厚い雲が生温かい風と一緒に山を下りてきた。

「また、雨になるのか……」

智顕は佐衛門の袖に触れるようにして訊ねた。

「ところで今晩のお泊まりは？」

佐衛門は少し考え「まだ、決めていない」と答えた。

「米はおもちか？」

佐衛門が首を横に振ると、智顕の表情が曇った。

「もう、この宿場は飯のもてなしも立ち行かなくなっています。米を持参した者には三分の米を供する断りで炊いてくれます」

「米がない場合は？」

智顕は黙った。

「いや、和尚、私たちは一日やそこいら飯を喰わなくても死にはしない。それに薬草の大家が一緒なので、そこいらの葉や根茎をひっこ抜いて食にして取り敢えずの空腹は耐えられるでしょう」

佐衛門はそう言って仁平を見た。

仁平が慌てた。

「いや、まあ、和尚、私たちは心配無用です」

八

小原宿の封人、野火坂太郎衛の邸は熊野神社を少し山の方へ入った所にあった。願勝寺からは一度街道に戻り、宿場を越えた道沿いの大きな鳥居が目印であった。

小石川御薬園の同心、烏丸仁平が盛んに辺りの茂みを見ていた。時には憚ることもなく藪に入っていった。

「どうした?」

龍庵が訊ねても返事をしない。しばらくすると、仁平の姿がない。佐衛門があきれて笑った。

「放っておこう。今晩の食い扶持でも探しているのだろう」

太郎衛の邸に着くと女中が表に出てきて深く頭を下げた。

座敷に通されると、封人を補佐する小原宿の火消頭の材木職人が縁台の板間に座っていた。その男は市太と名乗った。

座敷には女中と賄いの女が畏まっていた。

佐衛門は一人ひとりに語りかけるように太郎衛が江戸で客死した経緯を説明した。

佐衛門の興味は、ここを訪ねて来た白山辺りで商いをしている「キキョウヤ」の利一とかいう手代風情にあった。

「その利一と名乗った手代さんは、どうもこの界隈の飢饉を良いことに、米を売りつけて回っていたようですよ」

女中が言った。

「どういう話か、覚えておいでか?」

女中は苦々しい表情を作った。

「その手代さんの言う条件は、決して悪い話ではありませんでしたのよ」

女中の話によると、利一が持ちかけた米の値段は二俵で三両だった。当時の米の相場が、米一斗で千五百文だから、決して高くはなかった。それに十俵までであったら即日用意ができると言うのだ。荷車人足の駄賃と関所を越える時の番士への心付けにあと一両は必要だが、確実に届ける、という話だったのだ。

佐衛門は唸った。ここのところの飢饉で、闇米、隠蔽米の類の違法な取引が横行して米価が高騰してきている。闇の流通を取り締まる関所でさえ、わずかな金子で平気でご法度米を通過させているのだ。

「ですから、お館さんはすぐにその話にとびつき、十俵分の米代と運び賃十六両、それにもろもろの要脚を入れて二十両を用意しました」

女中は少し上目遣いになって「でもね」とまた、腰を撓った。

「どうもお館さんの様子がおかしかったのですよ。人払いをすると、その利一という手代さんと二人きりでずいぶんと長い間話し込んでいましたからねえ」

「何を話していたか、覚えておいでか？」

「いいえ、そこまでは……」

その時だった。

仁平が抱えきれないほどの草木を抱えて縁台から顔を出した。

「何だ、その草は？」龍庵が叫んだ。

「大収穫だ！」と仁平は笑った。縁台にいた市太が聞く。

「この雑草をどうするのです？」

「雑草ではない、立派な食用だ」

仁平は将棋の駒を並べるように縁台に一つ一つの草木を並べ始め、まるで縁日の呼び込みのように草木の解説を始めた。

「この赤紫の花をつけたのが薊だ。山道に入ると脇にいくらでもあった。この根茎は芋並みに栄養がある。葉も花も湯掻けば食用に供することができる。こちらが萱草で、漢方では甘草と呼ぶ。この甘味は元気を出させる。こっちが大文字草。丁度若芽が出たばかりの手ごろのを見つけた。こいつも体力の衰えた者には良い栄養になる。他に、甘茶蔓、柳蓼、甘野老も見つけた。こいつらは汁にすると美味い」

「たいしたものだな」

一同は呆気にとられた。

市太が叫んだ。

「お侍さん！　いま、小原の人たちは飢えている。この草木の中で何を食べさせたら腹が膨らみます？」

仁平はしばらく考えた。

「どうだろう、萱草だったら、この山懐に入れば間伐の原っぱにいくらでも咲いていた。この草の甘みは元気が出るし栄養も豊富だ」

「よっしゃ！　すぐに子分たちを集めて草狩りを致しましょう。お侍さんには悪いが、あたしら草木は素人だから、ちょいと指南しては貰えないだろうか？」

「おう、そうしよう！」

仁平はそう言い残して封人の邸を出て行ってしまった。

佐衛門は、思わず項垂れてしまった。この調子だと、ここで一泊しなくてはならなそうだ。

当時の奉行所の与力が奉行所の管轄外に出て公務を果たす事はごく稀であった。特に逗留が諾われることはなかった。江戸市中でさえ旗本の外泊が認められなかった時代である。他藩の吟味は隠密の仕事であったが、例外として、幕府の直轄地の天領であれば、奉行所の与力でも出改めが認められる事があった。

佐衛門の場合は被害者が天領の小原宿の名主であり、封人と言う身分であったことから、遺品を運び、身辺改めをおこなうという目途で奉行所から往復で四泊の許しをもらっての出役であった。すでに府中と駒木野で二泊を費していた。この地でもう一泊となると、明日は一気に府中まで上らなくてはならない強行軍である。

――奉行所から給付される出役の旅費は宿賃と弁当代をつけてひとり一泊三百文。それに草鞋代が一日百文だ。都合、四泊の旅で一人約一分……。

一分は今の貨幣価値で約一万五、六千円というところだから、とても豪華な旅は期待できない。因みにこの当時、庶民が泊まる旅籠は二百文が相場で、二食がついた。それよりは多少まともな旅籠に泊まれたわけだが、泊まる度に宿から御宿証文、今の領収書を貰い、それを提出して、足が出た場合は自己負担となるが、範囲内で収まった場合は差額を返却するのが出役の定めであった。途中、厳しい峠越えで馬や駕籠などを使っても、その経費は出ない。

佐衛門の心配をよそに仁平は戻ってくる気配がない。時間はどんどん経過し、いよいよ小仏峠越えが困難と思われる頃になって仁平が火消たちを従えて戻ってきた。荷車三台に草木が山積みされていた。

「これから、願勝寺にこれを運び、粥にどう混ぜるかを指南してきます」

仁平は正に水を得た魚のごとくだ。

「まだ、陽が高い。美湧谷の鉱泉に行ってみませんか？」龍庵が誘った。

美湧谷鉱泉は長い飢饉で人通りが絶え、宿場の遊興の賑わいが失せていた。

湯屋の前に立つと「暫く閉湯」という木札が夏の山風に揺れていた。

「あの……」

女の声は、封人の邸の賄いの女だった。

「おお、太郎衛殿の邸の」

佐衛門が女を茶屋の長椅子に座るよう促すと、女は肩で断った。

「どうなさった？　名は何という？」

「はい、たつ、と言います」

女の目が何かを怖れている。

「わたし、御庭の常夜灯の後ろで、偶然聞いてしまったのです……」

「話して下さい」

たつは覚悟を決めたように頷いた。

「太郎衛様を訪ねてきた手代風情の方は、江戸の白山辺りで商売をしている米問屋の者だと言っていました。太郎衛様は、金子（きんす）は準備するが、もちろん、払いは現物を受け取ってからでよいのか？　と念を押していました。その方は、江戸でお会いし、米を改めて頂き、荷造りをした上で、お代を頂戴いたします、と答えていました」

　利一と太郎衛のやり取りはこう続いたという。

「ところで、太郎衛殿、それとは別の一件が」

「え？」

「ええ……」

　利一は狐が獲物に近づくような険しい目になって、もう一度辺りを見回した。

「齋を御存じか？」

「齋！」

　太郎衛は少し前かがみになって利一を睨んだ。

「あなたは齋を知っているのか？」

「ええ、齋は江戸にいます」

「江戸に……？」

　太郎衛は利一のこの一言をにわかに信じることができなかった。

　利一は唸るような低い声になって「齋があなたに会いたいと言っています」と言った。

「私に会いたい？　それはおかしい。私は齋の子供を時衆の民がいつか迎えに来る、という約束で預かった。もう三十年も前の話だ。しかし、齋はおろか、時衆の人たちも迎えにはこなかった。結局その子は嫁に出し……」

「登貴のことですね？」

「登貴の事も御存知なのか？　あなたはいったい何者なのです？」

利一は険しい目を少しだけ緩めて「私がその時衆の御迎えで」と言った。

利一はまた、図る賢い目に戻って口元を少し歪め訊ねた。

「それで、登貴はいずこに？」

「登貴は……」

太郎衛はそう言いかけてはっと思いとどまった。

なにかがおかしい。例えば、齋も登貴も熊野権現を敬う心の深いところに独特な健気さと優しさがあった。登貴を連れてきた琵琶法師も、厳つい風体とは全く違う慈悲があった。それが時衆の民たちだと太郎衛は信じていたのだ。しかし、いま、自分の前に畏まっている利一と言う男はどうだろう？　目つきが険しいのは良いとして、獲物を狙い定める口元や落着きのない動きは時衆の民たちの神々しさとは全く別のものだと、太郎衛は感じたのだった。

「登貴はどちらにいるのですか？」

利一がもう一度、少し強い口調になって聞いてきた。

「いや、登貴とは嫁に出してからというもの便りがない。どこにいるのか、皆目分からないのだ」

語り終えたたつは目に涙を浮かべた。

「太郎衛様は立派な方でした。ここの飢えた人たちのために自らの財産を処分して米を買い求めに行ったのに……、こんなことになってしまって……」

佐衛門の長い罪咎取り調べの経験から得たのは、殺人には必ず必然性がある、という事だった。つまり、誰かに殺されなくてはならない理由である。智顕和尚も他の誰も、太郎衛を悪くいう人間はいない。つまり、怨恨の筋はない。そうなると、太郎衛が死ぬと得をする連中となる。押し込み強盗だとしたら、道中財布や米を買う金子ごと持ち去る筈だが、それらは手をつけられていない。それに、わざわざ毒を齧らせる必要もない。何故だ……？

夕刻になった。

佐衛門と龍庵は旅籠に宿を求めた。客はだれもいなかった。数軒はある他の旅籠も同じような状態であった。旅人たちはこの一帯が厳しい飢饉である事を知っていて、駒木野辺りから小仏峠を越えると、小原宿を越えて、一気に笛吹川まで歩いた。その辺まで行けば甲府との交易が盛んで、宿も多く、食料が枯渇する心配もなかったのだった。小原宿の旅籠でも蓄え米がすでに底をついている様子で「持ち込み米炊きます。但し持ち込み三分を頂戴候」という札が貼ってあった。

佐衛門と龍庵は仁平の様子を見に願勝寺に向かった。仁平は大きな鍋の前で粥作りに奮闘していた。

近づくと甘い芳(かぐわ)しい香りが鼻を心地よく突いた。

仁平は龍庵たちに気が付くと「おお！」と手をあげた。

限られた粃をどう膨らませるか、それに仁平は一人奮闘していたのだ。そこで一度粥にした粃にわずかな片栗の粉をまぜ、そこに萱草を刻んだものを入れもう一度よく掻き混ぜた。すると粃が固まり、まるで餅のようになった。香りは甘く、海苔の色合いになる。それを小ぶりの人の拳ほどに握り、紫蘇の葉に巻いて喰うと、同じ量の粃を粥にして喰うより、はるかに腹もちが良く、それに美味となるのだ。

「長谷口さん、まず味見をしてくれ」

味見なら武士の面子がたつ、と一口頬張ってみた。

「これは美味いぞ！」

佐衛門は思わず叫んだ。萱草の甘味が浮いて絶品であったのである。

「そうでしょう！　片栗の粉はそう沢山はないが、山芋でも代用できる。萱草はもちが悪いから、毎日、山へ採りに行くよう言い含めておいた」

智顕が来て、仁平に深く頭を下げ合掌をした。

その時、谷の棚田の方向で銅鑼、太鼓の音が轟いた。

「まだ、夏祭りには早いな」

龍庵がぼそっと呟くと、仁平が汗を拭きながら、音の方向に背伸びした。

複数の松明の光が「人魂」のように淡い夕方の少し水気を含んだ風にゆらゆらと揺れていた。

——人魂か……。

人の死も様々だ、と龍庵は思った。養生所では死が身近だった。長患いしても、どこか穏やかな死は、魂が澱むことなく肉体から抜けると、蜻蛉（かげろう）の翅のように天上に向かって吸いこまれるように感じる。阿弥陀様の懐に抱かれ、極楽浄土に導かれてゆく、そんな耿（こう）然とした輝きがあった。

その一方、長患いした挙句、いつも何かを恨み、この世に怨念が残り、未練のある死は、浄土に導かれる事もなく亡者の人魂としていつまでも彷徨うという。

——トキの魂は浄土に行ったのだろうか？

龍庵は松明の光の中にトキの魂が重なり合うような幻影を見た。

松明の光は全部で五つ、その行列の先頭に長胴太鼓を樫の硬木でぶら下げ、二人が太鼓を支え、一人が撥で木枠と皮を交互に叩いていた。法螺貝を吹いているのは褌姿の乞食で、その後ろから銅鑼を打つ百姓の姿も見えた。先頭は乞食僧で藁の人形を盛んに振り回していた。皆が勝手に吹き、叩きそこに整然とした音曲はない。ただ、騒ぎ立てているだけであった。

「何事か？」

佐衛門が智顕に質した。

「蝗遂（むしおい）です」

「ムシオイ？」

「蝗（いなご）です」

「イナゴ！」

「飢饉になると、ここではまるで天からの恵みのように蝗が発生します。それをああやって銅鑼、太鼓、法螺貝で煽って、松明の火の方に追いやる。それを畦道に仕掛けた網で一網打尽にする。蝗は私たちの大切な滋養源になります。蝗のお陰で幾度となく飢饉を乗り越えてきました」

龍庵は、沈みゆく夕日の真っ赤な火の玉の先に、まるで暗雲が立ち込めてくるような蝗の大群を見て足がすくんだ。そして、蝗の群れは松明の熱に腰を捩るように左右に揺れ、上下に震動しながら、巨大な漆黒の蝶のごとく舞った。

——こうやって、人は生き、そして朽ちてゆくものなのだ……。

龍庵はまた、トキへの淡い想いが胸をよぎった。

# 九

小原宿への出役は、安宿ばかりに宿泊したので旅費が余り、その差額を返金しなくてはならない。しかし、帰路の府中宿の居酒屋で、龍庵と仁平相手に正体がなくなるまで飲んだ挙句、受取証書を貰いそこねた。それが結構な額になり、証書がなければ奉行所は入り米として認めてくれない。安い給金の佐衛門としては痛い失費なのだ。

そんな出役の後始末も一段落し、佐衛門は白山や音羽辺りを見廻る同心に声を掛けた。

「白山のキキョウヤですか？」

見廻りの同心は訝しげに佐衛門に聞き直した。

「キキョウは朝顔のような花をつけるあれですか？」

「リイチ、ですか……」

「いや、詳しくは分からん。ただ、白山辺りのキキョウヤという屋号で、そうだ、手代風情の利一という名の男も探している」

「何の商いですか？」

「多分な」

その同心はしばらく考え、首を横に振った。

「拙者の見廻り領分にはそのような名前はありませんね。そのキキョウヤがどうかしたのですか？」

「隠蔽米の横流しだ」

「なるほど。拙者もそれでしたら幾つかの問屋を特定していますが、その中には……」と言い及んで、

「キキョウヤは……もしかして吉祥屋ではありませんか？」

――キキョウとキッショウか。相模辺りの訛りでそう聞こえたのかもしれないな。

「その吉祥屋とはどんな商いをしているのだ？」

「表向きは米問屋ですが、どうも裏で別の商いをしているらしい」

「別の商い？」

「ええ、岡っ引きに内偵をさせていますが、どうにも怪しげな奴らが出入りしているらしいのです」

佐衛門の目が光った。

「はっきりとは分かりませんが、奢侈禁止令の御法度品を扱っているのかと」

「奢侈か？　絹、溶かした金銀……あるいはご禁制の薬物か？」


佐衛門は吉祥屋を目指した。駒込片町から吉祥寺を左手に抜けると白山前に出て、その先が白山権現の門前になる。吉祥屋は白山権現の門前に沿うようにあった。確かにここから養生所は近かった。荷車が数台待機できるような広い大戸口を持つ地廻米穀問屋で、ひっきりなしに米を山積みした荷車が出入りし、繁盛をしている様子であった。外から眺める限り、どこにも怪しさはなかった。

そこに、四十の半ばと見える艶の女が周りを気にしながら大戸口の横の勝手口から吉祥屋に入って行った。

——どこかで見た事があるな……。

佐衛門はこの女に見憶えがあったのだが、誰だか思い出せない。

まず、利一とかいう手代風情の居どころを知りたい。この男が小原村封人の殺人に深く関わっていることは間違いない。太郎衛と齋、そして登貴。そこに時衆の民が煩雑に絡まっているようにも思える。その絡んだ糸を解す事ができるのが利一かもしれない。

佐衛門の足は自然に吉祥屋の見世の戸口に向かっていた。

戸口がスーッと開くと、見世の手代は佐衛門の与力姿に「はは～」と声をあげて畏った。

「す、すぐに番頭さんをお呼びします」

「いや、お前で構わぬ。少し聞きたいことがある」

「は、はい！」

「この店に利一という手代はいるか？」

手代は目を丸くして頷いた。

「利一さんでしたら、ウチの外回りの注文取りです」

「注文取り？」

「ええ、あちこちを廻って一俵、二俵と注文をとって来ちゃ、手間賃を稼ぐ。そんな扱いの傭い者で」

「今はどこにいる？」

「さて、見世では存じあげませんなぁ。年がら年中、外を廻っていて」

「いつもはどこにいる？」

「一応、見世にも利一さんの荷物置きはありますがね、いちいちそこまでは」

手代は月代を掻くと「利一さんがどうかしました？」と訝しがった。佐衛門は「いや、なんでもない」とだけ答えて、踵を返した。

江戸市中には利一のような御用聞きがたくさんいた。米だけではない。味噌、醤油から豆腐や納豆、野菜まで、朝早く注文を取りに廻って、午後には届ける。市場で買うよりは駄賃分高くつくが、武家屋敷や大店などから便利に使われていた。しかし、彼らにも縄張りが決まっていて、利一のように小仏峠を越えて闇米を売り歩くなど、そこいらの御用聞きとは違う。裏に大物の影が見え隠れするのだ。

佐衛門の口から、思わず「手強いな」という言葉が漏れた。

龍庵は、いつものように担当している病人一人ひとりの顔を思い浮かべながら、薬を作っていた。ちょうど、宮大工だったという清二の薬が出来上がったので、診廻りついでに煎じ薬を持って行くところであった。清二は養生所の新部屋という病人部屋にいた。

新部屋には二つの木戸があった。養生所を南北に貫く渡り廊下に近い方に一つ、どん詰まりにもう一つあった。新部屋は病人がゆうに三十人は入れる大きな病棟で、十人ごとに衝立で仕切られていた。つまり、都合二つの衝立で三つの部屋が作られ、手前から「直ぐの間」「木戸なしの間」そして「奥座敷」などと戯れて呼んでいた。

例えば……、

「今度、奥座敷で地蔵様の経をするから、来てくんねぇ」などと、花札博打の開帳の案内を隠語で伝えたりした。事実、養生所では中間はもちろん、詰めの同心まで巻き込んだ博打が日常的に行われていたらしい。もちろん、佐衛門が赴任してからは鳴りを潜めてはいたが。

新部屋には手前の部屋に五名、真ん中の「木戸なしの間」には誰もいなく「奥座敷」に三名が入っていて、清二はそこで暮らしていた。

龍庵が病室の中を抜けるように奥に進むと「奥座敷」にはもう寝たきりになって随分経つ老人と、どうにも身体を起こせない中風の男が二人、布団からはだけて寝ていた。

その時、外から話し声が聞こえた。一人が清二で、もう一人は十日に一回くらい清二を見舞いにくる小織という女だった。小織は一見女将風だが、中間たちの噂では、新吉原の年季が明け、町屋の料理屋の座敷に上がっているらしい。ただ、女郎崩れの年増と生真面目な清二との組み合わせがいかにも不自然であった。

病室の端は御薬園と接していて、獣除けの木舞の土壁で仕切っていた。その辺りは鬱蒼とした楢の大木が森を作り昼でも暗い。二人はそこにいた。

龍庵はそれとはなしに藪の陰に潜んで二人の様子を窺った。


「ただ？　なんだい！」

清二の苛立った声が森の中に轟いた。

「やだよ、そんなに怒る事はないじゃないかい」

――二人は痴話喧嘩をするほどの仲なのか？

龍庵はそう思った。しかし、どうもそうではないらしい。

「俺が身上潰した時は確かに世話になったが、元とは言えば、お前が阿婆擦れを俺に寄せて、酒好きなのを良い事に身体を壊すまで遊ばせて、気が付いたらすっからかん。大工道具一切もってゆかれ、俺は結局、お前に騙されたんだよ」

清二の突き放つように譴責する声が聴こえた。

「俺が、落ちぶれて養生所に来ると、なんだい、今度は余剰米の仕入れだ、ここにいる女の様子を教えろとか、まるで恩人面しやがって」

――余剰米だと？　清二が余剰米の隠蔽に絡んでいるのか？

龍庵は耳を欹てた。

「何だよぅ。そんな言い方はないじゃないかい。あんたが、内儀を失って寂しそうだったから、気を遣ってあげたのにさ」

「なに言ってやがんでい。俺は、米の余り具合をお前に教えただけで、なにも人殺しまで手助けするなんて言った覚えはねぇよ」

——人殺し！

龍庵は思わず息を飲んだ。

「人殺しなんて人聞きの悪いことを言うでないよぅ」

女が腰を振り、厭いやの仕草をする様子が龍庵の目に浮かんだ。

「じゃ、なんでトキさんは死んだんだい？」

清二は小織に向かって大きなため息をついた。

「まあ、いいや。そんな事、今更、悔やんでも話にならねえ。それより、トキさんの背中にあったはずの刺青、というのはどういう意味なんだい？」

「どうも、こうもねぇ」

龍庵が頭ひとつ森の奥に顔を伸ばすと、小織が清二の肩辺りに頭を寄せているのが見えた。

「実はね、トキさんの背にあるはずの刺青の象形を探ってくれとある人に頼まれてさぁ」

「ある人って、誰なんだい？」

「清さん。それだけは勘弁しておくれよ。強く口止めされているのさ」

清二は両腕を組んで唇を噛み、口を尖らせた。

「なあ、清さん。これから話すことは絶対に誰にも言わないでおくれよ」

小織は媚びた目で清二を見つめた。

「おう、約束する」

「そうさな、トキさんが死んだ日の夕刻さ。あたしは朝に一度清さんを見舞いに来たんだけど、ほら、新しい見廻り与力殿が来てから見舞いの時間が夕方だけになったろう。だからさ、出直したのさ。そうしたら、トキさんが病人部屋の縁台に座っていたんさ……」

　トキは龍庵から貰った煎じ薬を飲み終わり、病人部屋から外に出て、縁台に座っていた。軽くため息をついて胃を摩(さす)った。鳩尾(みぞおち)辺りを触れても以前のような刺すような差し込みがない。

　陽が完全に沈むまでには多少の時間がある。トキは女部屋から出て、病室を二つほど北に行った行水場に向かった。六畳くらいの梁(はり)組を四方に組んだだけの粗末な小屋の中に行水場はあった。中には土竈(つちかまど)があって、冬場はそこで湯を沸かして行水をしていた。養生所が繁盛していた頃は、時間を決めて行水の順番を取り決めていたものだが、最近は空いていればいつでも入れた。ただ、女が行水する時は、戸口に「女行水中」という木札を掛けるのが作法であった。

　トキは井戸から桶に水を汲みいれた。手拭いを桶の水の中に浸し、水が桶から逃げないように絞ると、腰を落とし、浴衣の肩を少しだけはだけ、身体を拭いた。いつの時代も水は貴重で、桶から直接水をかぶるような行水は許されなかった。病人が養生所に入所する時、最初の心得がこの行水の作法であった。

　行水用の桶は井戸の横に備え付けてあって、その八分目が一回の行水に許された量であった。顔を洗い、口を漱ぎ、身体を手拭いで拭くので精一杯の量であった。

トキはもう一度手拭いを良く絞って、肩から項にかけて丁寧に拭き、わずかな余り水で最後に足の裏を洗った。トキはまた、聞こえないようなため息をついた。

トキが行水場を出ると、小織が行く手を塞ぐように立っていた。

「あら！」

トキは少し慌てた。小織は無理な笑顔を作った。

「トキさんよね？」

トキは訝しげな目で頷いた。

「行水は終わったの？」

トキはてっきり小織が行水の順番を待っているものと思い、道を譲った。

「御免なさい。どうぞ、お使いください」

「あら、行水じゃないわ。ちょっと、お話ししても良いかしら？」

小織はそう言って、行水場の小屋の裏にトキを誘った。夕陽が伸びてまだ明るい。

「清さんも龍庵先生の扱いでしょう。本当に良い先生ね」

小織はそう言って、トキを舐めるように見た。

「トキさんは綺麗な髪の毛をしているわね。椿油でも御使い？」

養生所では夏場で月二回、冬場では月一回の洗髪が許されていた。それも行水と同じ桶一杯という定めであった。ただ、洗髪の時は申し入れて、使い古しの茶葉をたっぷり髪に浸す事が許されていた。茶葉には臭い消しと髪を穏やかにする効果があった。養生所で高級品の椿油など使えるわけもなかったのだった。

「とんでもありません。養生所の病人がそんな高価な物を使える訳もありませんよ」

「それじゃ、きっと龍庵先生の御薬が髪の毛の艶を豊かにして下さっているのねぇ」

小織はそういってトキの髪の毛を弄った。

「そうだ、今度、私の知り合いが、大山詣でに行くのよ。ほら、髪を奉納すると満願叶うと言うじゃない。トキさんの髪も奉納して頂いたら？」

「満願……」

トキは満願という言葉に、わずかなときめきを感じた。

「私がちょっとだけ髪を切ってあげるから、切っている時に願い事を三回、心の中で祈るのよ」

小織はトキの背中に回って、犬皮袋に入った糸切り鋏を取り出した。

「いい？　トキさん、しっかりお祈りしてね」

トキの耳元で、サク、と切れ味のよい音が聞こえた。小織は切られたトキの髪の毛を和紙に包んだ。

「あら、背中に虫が入ってしまったわ。取ってあげるからそのままにしていて」

小織はトキの浴衣の背を大きく開くと、左右の肩甲骨の間辺りを摩るように触れた。

小織はトキの背中に彫られている小さな刺青を探ったのだ。何と彫られているかは知らない。恐らく梵字のようなもの……。

しかし、トキの透き通るような白い肌の背中には南京虫か蚊に喰われた黒い斑点が点在していたものの、何かを彫られた痕は何もなかった。

トキがちらりと小織の横顔を見ると、ひどく険しい顔をしていた。

「どうかしましたか？」

小織ははっとして答えた。

「いいえ、虫は取り除きましたよ」

その時、小織の裾から銀紙の小さな包みが落ちた。

トキがそれを拾おうとすると、小織はそれを遮るようにトキに背を向けて腰を落とした。そのはずみで小織の着物の背が大きく開いた。小織の背に刻まれた梵語のような文字がトキの目に飛び込んだ。トキの表情が驚愕に震えた。それを小織は見逃さなかった。

小織は銀紙の包みを取ると、

「じゃ、この髪の毛、確かに預かりました。それじゃ、ごきげんよう」

と膝を折って去ろうとした。一、二歩歩きかけると、立ち止まり、頷くような所作をして、トキの方へ振り向いた。

「そうだ、これをさしあげるわ」

小織の手には銀紙に包まれた茎ごと潰した丸薬のようなものが握られていた。

「それは？」

「これは龍庵先生が作ってくれた元気薬で、清さんが良く効くからと私にも二粒ほど分けて頂いたの。これを一つ差し上げる」

小織の指の先が少し震えていた。

「龍庵先生が？」

「そうよ。きっとこれを飲めば、あなたも元気になってじき退所できるわよ。日持ちが悪いので、今晩中には頂くようにしてね」

小織はトキとのやり取りの顛末を話し終えると、唇を噛んだ。

清二は我に帰り、小織を突き放した。

「俺は龍庵先生からそんな丸薬、貰っていないいし、トキさんはそれを齧って死んだんだ。やっぱ、お前が殺したんだな？」

小織は下駄で地を蹴るような所作をして黙った。

「お前は平気で春を売るだけじゃなくて、毒まで操るのか？」

清二の声が低くなった。

小織は下を向いたまま、薄笑いを浮かべた。清二はそんな小織が薄気味悪くなって後ろに下がった。小織は般若の形相になり、メラメラと燃え上がる瞳で清二を射るように見た。

「このこと、誰にも言っちゃだめだよ。分かっているね！」

清二は小織のその一言に、怯えながら頷いた。

薬膳所に真っ青な顔で飛び込んできた龍庵を見て、久紗が声を上げた。

「まあ、先生！　どうなさったのですか？」

龍庵は煎じに使う水を柄杓ですくい上げると一気に飲み干し、肩で息をした。

「大ごとだ！」

「な、なにが、大ごとなのです？」

龍庵は竈の縁に両手を置いた。

「他言はするなよ」

久紗が大きく頷く。

「トキさんは殺されたらしい」

久紗は喉を鳴らして絶句した。

「お前が驚くのも無理はない。まさか、こんな平穏な養生所で殺人事件が起きるなどとは」

久紗の様子がおかしい。

「どうした久紗？　お前、何か思い当たることでもあるのか？」

「思い当たること？」

「いや、知る由もなしか。繰り返すが、久紗。養生所をいたずらに混乱させては病の養生によくない。決してこの事は他言するではない。まず、長谷口さんに申し上げなくては」

「心得ています。ただ、与力様は、今日は非番ですよ」


翌日、佐衛門は夜が明ける前に養生所の与力詰所に来た。宿直の同心である久世晋介が佐衛門に気が付いて顔を出した。

「長谷口さま、まだ、七つです。随分と早いですね。どうしました？」

「いや、気になる事があって、早めに来た」

「いや、そうではない。もう一度、入所者の改め調書をじっくり吟味してみようかと思ってな」

「何か騒動でも？」

佐衛門の前にはここ数年の病人が入所する際の改め調書が山積みされていた。

左から名前、性別、年齢、年齢の横には括弧で生年月日が記載されるようになっていた。括弧があるのは多くの病人が正確な生年月日が分からないからであった。次に生まれ場所、現在の住居と江戸町会所の記載欄があった。

——江戸町会所とは寛政四年（一七九二年）に老中、松平定信による江戸の貧民救済制度の一つである。その中に日々の生活もままならない「窮民」の救済という大きな本義があった。窮民に対して町の名主に申し出ると白米とわずかな金銭が支給されたのだ。病を得た窮民に対しても手厚いお助けがあった。例えば、無償で長屋医者にかかれたし、「生薬屋」や「薬種屋」など薬局方からも薬を分けてもらえた。軽い疾病や多少とも身の回りを世話する家族や仲間がいれば、貧困にあえぐ多くの町民は養生所を敬遠して、この町会所の支援を優先して受けた。

……それが養生所を敬遠する原因の一つにもなったのである。

佐衛門は「トキ」の欄で目が止まった。

「トキ、女、三十五（生年月日不明）、相模国生、本所町会所より」

相模の国の生まれ……。トキはやはり太郎衛の娘なのか？　年齢的にもつじつまが合う。

――トキが太郎衛と齋の娘だとすると、問題はなぜ死ななくてはならなかったのかだ。闇を漂うような謎に佐衛門は苛立った。

夜が明け、烏が養生所の周りで鳴き叫ぶ。行水所で顔を洗っていた龍庵が佐衛門に気がついた。

龍庵は一睡もしていないのか、真っ赤になった眼瞼で佐衛門を見つめた。

「どうしました？」

「長谷口さんのいらっしゃるのを寝ずに待っていました。少し、よろしいですか？」

龍庵は、清二と小織の密談の内容を細大漏らさず語った。佐衛門はそれを聞き終えると、わずかな吐息を吐いた。

「どう思いますか？」

佐衛門はしばらく黙って「ああそうだ！」と声を上げた。

「どうしました！」

「あの女だ！」

「え？」

「立雪さんが言っていた小織という女。遊び人相手の女将風情。私は昨日、白山の吉祥屋という米問屋に入って行くのを見た。どこかで見覚えがあると思っていたのだが、そうだ、入所者の清二をよく見舞に来るあの女だ！」

「吉祥屋？」

「小原宿の封人の女中が話していた、ほら、隠蔽米を売りに来た利一という手代のこと、覚えていますか？」

「ええ、良く覚えていますよ。確か、白山辺りで商いをしている……、キキョウヤ？」

「そう、そのキキョウヤが相模訛りでそう聞こえたので、実は吉祥屋だったのですよ」

佐衛門は腕を組んだ。そして、唸るように言った。

「ただ、養生所の米の横流しとトキの死との因果が解らない。思うに……」

佐衛門は龍庵を睨んだ。

「なぜ、小織は背中の刺青を調べる必要があったのか？」

「そうです。小織の話では、トキの背中にはあるはずの刺青がなかったと」

佐衛門は立ち上がり、少し苛立ったように柱を二回、三回と拳で叩いた。

――太郎衛が握っていた髪の毛は間違いなくトキのものだ……。ということは、小織が大山詣で髪を奉納すると騙して、トキの髪の毛を切った。そのトキの髪を太郎衛に届けた、ということになる……。

佐衛門と龍庵はお互い顔を見合わせた。同じ疑問だったのだ。

なぜ、太郎衛は、小織が持っているはずのトキの髪の毛を握っていたのか？

# 十

佐衛門の前で畏まっていたのは清二だった。

「宮大工をやっていたそうだな？」

清二は目の前で爆竹が破裂したように首を竦めた。

「へぇ、ただ、あたしは細工物専門で」

「細工物？」

「ほら、玄関の戸口に龍口の取っ手をつけるとか、そんなやつです」

「ああ、なるほど。ところで小織という女だが」

清二は覚悟をしていたのか、わざとらしく口を尖らしてみせた。

「どこの在だ？」

「知りませんや。あいつが勝手に来やがるんで」

そうだろう、と佐衛門は思った。小織が下手人だとしたら、在所を簡単に明かす訳もない。小織が清二から聞きたかったことにこの事件の核心がある。やはり小織本人を取り調べなければこの先に駒は進まない。それにこれ以上、清二を責めるのは気が引けた。養生所の病人というだけではない。飄々とした穏やかな性格は誰からも好かれていた。新任の見廻り与力として、養生所での諍いは避けたいというのが本音だった。

事が動いたのは、そんな時だった。

養生所の同心、久世晋介配下の岡っ引きが息を切らせて入って来たのだ。

「例の女、たった今、吉祥屋に入ってゆきましたぜ」

佐衛門の両腕に思わず力が入った。

「よし、改めに出かける！」

部下の同心、目明したちが「おお！」と喊声をあげた。


白山権現社を抜け、吉祥寺の通りに出ると辺りは急に静かになる。人通りもなくなり、時折、「ほい、ご免よ！」と米を満載した荷車が勢いよく通り過ぎていった。その先に吉祥屋があった。吉祥屋の大戸口にはこの飢饉にも拘らず多くの人足たちの賑わいがあった。

吉祥屋の大戸口を入ると広場になっていて、その脇に米穀倉が並んでいた。

倉は五つ、順番に米俵を卸しているらしく、内二つは空だ。それに米穀倉には屈強な人足が十数人は働いている。米俵を引っかける鳶口は武器になる。敵に回すには多すぎる……。

その時、番頭らしき男が佐衛門の前で畏まった。

「なにか粗相でも致しましたか？」

「いや、そうではない。いつもの改めだ。見世に案内しなさい」

番頭は「へえ」と首をすくめた。

吉祥屋の見世には五、六人の手代が忙しそうに動き回っていた。通帳に向かう者、板版に米俵の残を記載する者など、どこにでもある米穀問屋の風景であった。見渡すかぎり、ここにはあの女はいない。いるとしたら？

見世の奥には、頑丈そうな木扉があった。米穀問屋の母屋は大抵中庭で仕切られた別棟にあった。その木扉は母屋に繋がっているのだろう。

「あの扉の奥は母屋か？」

「へぇ、中庭がありまして、その奥が母屋でして」

「そうか！」

佐衛門が動いた。慌てて、番頭が道を塞ぐ。

「ちょっとお待ちを！　こちらから先は、私たちは入れません」

手代たちが一斉に立ち上がる。

佐衛門は手代たちを一瞥し威嚇すると、番頭の肩をぐいと摑んだ。

「奥を改める。邪魔をすると為にならぬぞ！」

佐衛門の腕が横に振れた。番頭の体躯が勢いよく飛んだ。

佐衛門は観音扉の取手を握り、勢いよく引いた。

まるで隧道で太鼓が轟くような鈍重な音がして、木扉が開いた。

強い陽射しに中庭の祠が浮かんだ。祠の周囲は白砂が敷き詰めてあり、幽玄な空間を演出してある。その陰に人だかりがあった。人だかりがグラリと揺れて、分散しようとした。

「待て！　そこを動くな。町奉行所の改めである！」

久世晋介が十手を構え、人だかりを抑えた。

一人の男が佐衛門の前に進み出た。女並に背が低いが、がっちりとした体格で、黒の神官袴を凛と身に着けていた。

頭は禿げ上がり、かろうじて後頭部に髪が残っていたが、髷は結っていない。歳は五十の半ばくらいか、射るような眼光で佐衛門を睨んだ。

「何かの不始末でも？」

その男はかすかに慇懃な笑みを浮かべた。

祠は神道の造りだった。

「何の改めでしょうか？　見たところ奉行所の与力殿のようですな？」

「さよう、北町奉行所与力、長谷口佐衛門という」

「それはそれは恐れ入ります」

その男は両手を合わせ、合掌するような所作で頭を下げた。

「ところで、与力殿は内藤様の裁可はもちろん頂いたうえでの改めなのでしょうね？」

「内藤？」

佐衛門が怪訝な顔で返すと、その男は声に出して笑った。

「これは解せぬことです。町奉行所の与力たる大役のお方が、内藤様を存じ上げないとは」

「もしかして、寺社奉行の内藤殿のことか？」

男は目を細くした。

「ならばご説明の必要もなかろうと存じますが、私共、熊野権現聖（ひじり）正教は寺社奉行であらせられる内藤信親様から直々に、別格のお許しを頂戴致した正統な神道宗派でございます。ですから、私共をお改めされるのでしたら、まず、内藤様の吟味を頂いてからが道筋かと存じますが」

佐衛門はこの男の言っていることが真っ当なだけに、唇を噛んだ。

そんな手出しができない佐衛門の様子を見て、男は「ホホホ」と公家のように笑った。

その男は自ら、熊野権現聖正教の大宮司、中之条博光と名乗った。

「私たちの宗派は邪教を排し、真の神の国を築くことにあります」

その時、同心の久世晋介が佐衛門の耳元で耳打ちした。

「例の女、祠の裏に隠れています」

佐衛門は小織の姿を確認すると、ある策を思いついた。詭弁には詭弁で返す。

「私共は貴殿の宗派を改めに入ったのではない」

中之条は一歩引いた。

「ほう、では何のお改めか？」

「ある事件の犯人を追っている。ここにその犯人が逃げ込んだという報を受けての改めである。協力願いたい」

中之条大宮司は両腕を開いて佐衛門の行く手を塞いだ。

「それは困る。ここは我が宗派の神域です。修験徒(しゅげんと)以外、誰人(なんびと)も入ることは許されません」

佐衛門は笑いを口に含んだ。こいつ、簡単に策に嵌りやがった……。

「修験徒以外は立ち入れないとな？　では、修験徒はどうやって見分ける？」

中之条は鼻を鳴らし誇らしげに言った。

「私のように修験袴をきて、身を清めています。女子は赤の袴を着(ちゃく)して……」

そこまで中之条大宮司は言うと、うっ、と喉の蓋を閉めた。

佐衛門はニタリとして言い放った。

「では、あの祠の裏にいる、伊予絣(かすり)を着している女将風情の女、もちろん、修験徒ではないな？」

中之条大宮司は顔を顰めた。

「いや、あの女子は在野の信徒で……」

佐衛門はそれを無視して「しょっ引け！」と命じた。

## 十一

養生所に特段の変化はなかった。多少の移ろいは人相のよろしくない目明かしや応援の同心がうろつき始めたことだろう。

そこへ腕を後ろ手で縛られた小織が連れて来られたものだから、養生所の病人たちは床から這い出し、興味津々にそんな光景に見入っていた。女の看病中間であるヨシは小織の身体の改めを命じられ「嫌だよ！　人殺しなんだろう？　噛みつきはしないだろうね」と駄々をこねた。

結局、女の中間が四人がかりで小織の小袖を脱がせた。

いつもは与力が入所者を改める部屋で、小織の脂の乗った年増の裸体が陽炎のように浮かんだ。どれだけの男を誑かしたのか、自堕落に垂れた乳房や尻、そして腹などは二重、三重にまるで鏡餅を重ねたようにだらしなく弛んでいた。

その時、佐衛門は小織の背中に葦が漂うような陰影を見つけた。それは文字にも見えるし何かの象形にも見えた。

佐衛門は小織の肩を抑えるとその象形に見入った。[illegible]と見えた。

——梵字だな。

その象形を備忘録に書き写すと佐衛門は小織に訊ねた。

「お前の背中の刺青はどういう意味だ？」

「背中の刺青？　知りはしませんよ。餓鬼の頃からありましたからねぇ。それより、女をいつまで裸にさせとくのさ。それとも、与力殿はあたしの裸をじっくり見たいのかい？　あたしゃ構わないから、この鰐（さめ）のような肌をした女たちを払ってくれよ」

「何が鰐の肌だい！　この阿婆擦れめ！」

ヨシが怒鳴り、小織の小袖を投げつけた。

佐衛門は書き写した[illegible]の文字を、龍庵にみせた。

「立雪さん、この文字の意味、分かりますか？」

龍庵は首を傾げた。


事件はその翌日に起きた。

その日は朝からどんよりとした大気が養生所を覆っていて蒸し暑い。背後に広大な御薬園の森林を抱えているせいか、森から漏れ出たねっとりとした風が養生所に鈍重に移動してくるのが分かった。洗濯物が乾かず、まるで犬か狼の舌ベロのように水分を含んで垂れ下がっている様子を見ながら佐衛門は「どうしたものか」と呟いた。

——要するに裏づけがなにもない。ここが奉行所だったら、多少、手荒な遣り口を使ってでも吐かせるところだが、医処である養生所ではそうもゆくまい。

佐衛門は焦燥感を感じた。

——恐らく、背景には熊野権現聖正教が絡んでいる事は間違いがない。小織はこの怪しげな宗派の事をどれほど知っているのだろうか？　あるいはどのような関わりなのか？

「お前は熊野権現聖正教の在野の信徒だな？」

小織は目尻の皺をさらに深くして頷いた。

「あの宗派の事を詳しく話してみろ？」

「中之条大宮司はすごい方です」

「すごい？」

「ええ、奇跡を起こします」

「奇跡？　どのような？」

小織は小袖の胸元を少し開けるような仕草をして、妖艶な目で佐衛門を見た。

「私たちを幸せにすることができるのよ」

小織は尻を振り、婀娜な声色で言った。

「下世話な与力殿」

この手の宗派は、奢侈禁止令の隠れ蓑にもなる。加えて、小織が言わんとしている禁断の秘め事の巣窟にもなるらしい。佐衛門はどういう薬かまでは知らぬが、南蛮渡来の秘薬でまぐわいの気持ちが高揚する、という話を聞いたことがあったのだ。

——御禁制品とはそのことか？

夕刻になった。小織への尋問は堂々巡りで、肝心なことになると、目の前を手ぬぐいで遮ってはぐらかした。水をたっぷり含んだ糸瓜のような湿気が佐衛門を襲い汗が溢れ出た。

その時だった。小織は急に落ち着きがなくなり、盛んに喉辺りを弄り空咳を繰り返した。手の指先が小刻みに震え顔色も青ざめてきた。何かが枯渇した症候にみえた。

「ねえ、与力どの、あたしは汗で肌がべとべとだよ。ちょっとでも、行水をさせてはくれないかい？」

枯れた声で小織がそう媚びた。

佐衛門は看病中間のヨシを呼んで、行水をさせるように命じた。

「かたじけないね。助かるよ」

小織は膝を折って改め所から出て行った。

小織は心得た様子で行水小屋の木戸を開けると、「女行水中」という木札を掲げてヨシに向かってニタリとした。

ヨシは行水小屋の木戸に寄りかかるようにして、井戸から漏れる音を聞いていた。水を桶に汲む音。手ぬぐいを水に浸す音。小袖を脱ぐ音……。

朧げに霞む養生所の風景をヨシはぼうっと見ていた。

そこに龍庵が通りかかった。

「ヨシ、何をしている？」

ヨシは我に返って、頬を赤らめた。

「いえ、あの小織という女が行水をしたいっていうので、私が監視しているところです」

「小織が？」

龍庵は行水小屋の木戸の前に立った。

「人が入っている気配はないが」

「え！　そんなわけは」

木戸が勢いよく開けられると、そこに小織が全裸で横たわっていた。もう虫の息であった。手には齧り残しの根茎が握られていた。

烏兜の根茎だった。

口角から反対の口角へは手ぬぐいで強く縛られ、そこに大量の吐瀉物が溢れ出ていた。恐らく毒が効いてきた時の踠(もが)きのたうつ声と、吐瀉の音を消すために自ら手ぬぐいで口を縛った覚悟の自害と龍庵は見えた。

急を聞いて飛んできた佐衛門は周囲に憚ることもなく「しまった！」と声を上げた。

龍庵が死体を改めると、思わず呻いた。

「女陰に毒を隠し持っていたようだ」

佐衛門は不動明王の形相で唇を噛み、憤怒の表情を作った。

「く、クソゥ！」

まるでその時を待っていたように、養生所の玄関が騒がしくなった。門番の末吉が佐衛門の所へ飛んできた。

「熊野なんとか、という神官の姿の男らが！」

佐衛門は憤怒の形相を変えることなく、養生所の正門玄関へ走った。

男が二人、一人は槍を持った山伏の身なりで、もう一人が熊野権現聖正教の中之条博光大宮司だった。

「我宗派の罪過なき在野の信徒が、謂れないまま留め置きされた。我々はてっきり番所か奉行所かと思い、さんざん探し回ったが、まさか、このような養生所に縛り付けられているとは思わなんだ。直ちに我々の元に還すよう要求致す」

中之条の怒鳴り声が養生所の玄関に轟いた。

槍を持った山伏の装束はいかにも付け焼刃で、用心棒くずれの浪人が化け損なったような風情であった。

――山伏が槍を持つわけもない！

佐衛門の腹の虫が治まらず、勢いをつけて太刀に手をやった。その様子に槍を持った山伏が一歩後ろに怯んだ。

佐衛門は太刀をぐっと前に引き、右足を一歩前に踏み出した。そして、佐衛門の忿懣が雷（いかづち）のごとく轟いた。

「ここは町奉行所が直轄する養生所であり、分所である。いやしくも幕府の官領地の中に断りもなく恫喝にも似た装束と武器を従えて闖入するとは言語道断。幕府への謀叛とみなし、拙者、町奉行所与力、長谷口佐衛門が成敗するので、そこになおれ！」

「ほう、我々を斬る、とでも言うのか？」

中之条は肩から首にかけて手刀で斬るような所作をして不敵に笑った。

そこへ槍を持った山伏が進み出て、槍の先の鞘を抜いた。

「売られた喧嘩は買おうじゃないか」

そう言って槍を腰車に構えた。

さすがの中之条もそれには驚き「おいおい、ちょっと待てよ！」と声を掛けたその時であった。目にも止まらぬ素早さで佐衛門は山伏の脇に詰め寄った。

「えい！」

掛け声が玄関に響くと、佐衛門の太刀の峰側が山伏の槍を持つ右の一の腕を刎ねたのだ。木がつぶれるような音と同時に、槍はその勢いで高く飛び上がり、音を立てて転がり落ちた。

「ギエー！」

山伏は悲鳴とともにその場に倒れこんでしまった。

「この狼藉ものと宮司を取り押さえろ。明らかな幕府への謀叛である！」

養生所に収監された中之条は、すぐに小織の遺体と対面した。

「こっ、これは！」

中之条は絶句した。

「お前らは幕府の官領地で狼藉を働いた。本来ならばその場で斬首！　しかし、事情を正直に話せば首を繋ぎ留めてやる。隠し立てをすると、ためにならないぞ！」

佐衛門の嚇しに中之条は首をすくめた。そして、狐のような目になって佐衛門に媚びた。

「あたしは、ある方に小織は養生所にいるので取り戻してこいと言われただけです。養生所には医者と病人、それに武器など持ったこともない中間だけで、ちょっと脅せばすぐに取り戻せると聞いてきたんです。まさか、与力殿がいるとは」

「ある方だと？　誰だ？」

中之条は「それは……」と口籠った。

「それに、あたしは偽ですよ。神官服を着て、まやかしの祈祷を上げるのが役目。あなたに腕を叩き割られた奴だって、昔から付き合いの極道で、祝詞のひとつ上げられるわけではありませんや」

「偽宮司に偽山伏か……。では、この女は？」

「小織ですか？　一応、在野の信者ですがね、何をやってんだか皆目……」

中之条ははそう言うと、声を潜めた。

「噂ですがね、新吉原の年季が明けて、音羽あたりの座敷に上げさせながら、吉祥屋の手代の利一さんが面倒をみていたという話です」

「利一？」

佐衛門は小織と利一が妙なところで繋がった事に少し驚いた。

「それでは、小織はなぜ自害しなくてはならなかったのだ？」

佐衛門がそう質すと、中之条は肩を揺らして、吐き捨てるように言った。

「薬の禁断じゃないですかね」

――薬の禁断？

龍庵はすぐに清国経由で日本に持ち込まれた阿片という麻薬が脳裏をかすめた。

「ああ、そうですよ。あたしたちはね、信徒を募り、身体に良い薬があるからとだまし、法外な金をせしめて、御禁制の南蛮の薬を吸わせる。こいつは気分が良くなって、疲れも瞬時に取れるんだそうです。ただ、薬を絶つと身体が震えだし、気がひどく沈んでくる。突発的に自害するのもいる。小織もこの薬の中毒……」

中之条は「ちぇっ」と喉を鳴らした。

「小織（あいつ）は毒扱いが専門だったから、死ぬのも簡単だ」

佐衛門は備忘録を出し[illegible]の梵語を中之条に見せた。

「この象形はどういう意味だ？」

「そ、それは？」

「小織の背中に彫ってあった」

「ま、まさか」

「なにが、まさかなのだ？」

中之条博光は上目遣いで佐衛門と龍庵を交互に見ると、こう語り始めた。

「あたしはね、六部をやって偽の法華経を売り歩き、坊主に化けちゃ葬式を仕切り、お布施をくすねるのが生業だ。ただね、あたしはどういうわけか御経だって天台さんから日蓮さんまで上手にあげられる。ちょっと神官服を着れば、へたな宮司よりよほどまともな祈祷をすることもできる。そんなあたしを知ってか、ある人の邸に呼ばれました……」

それはちょうどひと月ほど前の事だったという。町はずれの博打場に手代風情の男が中之条を訪ねてきた。

「ちょいと、お武家さんがお前に頼みたいことがある。一緒に来てくれないかな？」

中之条は壺ふりの手を休め、その男をみた。中之条も背が低いが、自分よりさらに一回り小柄の眼付きの悪い男だった。

「一体、なんの用件だい？」

「なに、行けば分かる。お前の才を見込んでの仕事だ。良い金になる」

「そうかい、命がけ、というのはやだぜ。そうじゃなければ何でもやるぜ」

男たちの後をしばらく歩くと、案内の男たちは「ちょっと、ややっこしいので目隠しさせてもらうよ」と黒の手拭いのようなもので目を覆った。

そこから四半刻ほどは歩いたという。

「ここから少し階段だ。足元を良く探りなよ」

上りきると、爽やかな庭の木々や花の香りがした。

「そこで履物をぬぎな」

案内の男はそう言って目隠しを外した。明らかに武家の邸だった。衝立を挟んだ向こうで、銀か深い黄の上等な熨斗目（のしめ）を着た武士のなりの姿が、松皮菱（まつかわびし）に繁桟（しげさん）を組んだ格子の隙間から浮かんで見えた。

武家は、蘞（えがら）を噛んだような声で言った。

「単刀直入に言う。お前にある新興の宗派の宮司をさせる。噂だと、素人のくせに見事な祝（のり）

詞を謳うそうだ」

　そう老けた声ではない。

「へえ、ありがたいお話で。ところでどんな宗派をやれば？」

「熊野権現だ」

「ああ、熊野様ですか！　わたしもそれなら良く騙して、いや、唸っています」

「まあ、お前は適当に祝詞を上げておけばよい。白山権現社の近くに吉祥屋という米穀問屋がある。そこの中庭に祠を用意した。そこをこの宗派の本山とした。吉祥屋の勝手口の横に梵語を書いた木札を目立たぬように掛けてある。その木札を見て訪ねて来た者があったら、丁重に扱い、お前をここに案内したあの男にすぐに知らせるのだ」

　その武士は中之条の後ろに控える男を扇子の先で指し、「吉祥屋の手代、利一だ」と言った。

　中之条はまた目隠しをさせられ、その足で吉祥屋に連れて行かれたというのだ。

　利一は中之条を吉祥屋の母屋で神官装束に着替えさせた。

「お前は禿げていて、髷が結えないな。どうにも間抜けだが、神官装束を身につけるとそれらしく見えるな」

　利一は声に出して笑った。

　母屋と見世の間の中庭は広く、祠は庭の真ん中にあった。祠の正面には飛び石が敷いてあり、その前に宮司の座台があった。中之条は座台に膝を落とし、祠の木戸格子に向かって柏手をうった。そして、紙垂を欄干に掛けると、もう一度深く頭を下げて祝詞を唸った。

「南無、熊野権現、聖派の命を受け、いまここにかしこみ、かしこみ……」

利一は感心して「お前、本当に天性の詐欺師だな」と言った。

「お陰さまで」

中之条は利一の方を向いて舌を出したという。


話を聞いていた龍庵は腕を組んで考え込む佐衛門の耳元で囁いた。

「どうにも解せないなぁ。小織が自害したのを見計らったようにここに来て、そして、簡単に偽の宮司だと告白してしまう。何か裏があると思いません？」

佐衛門も同じ事を考えていたらしく、大きく頷いた。

下を向いたまま、顔を上げない中之条が、下を向いてほくそ笑んでいるように龍庵には思えた。

それにしても、なぜ、中之条のような偽の宮司が必要だったのだろう……？

龍庵はそこが知りたい。

その時、龍庵は小原宿での太郎衛と齋の哀しい出会いと、登貴の生い立ちの物語を鮮やかに思い出した。


——齋は歩き巫女だった。

時宗の宗祖、一遍上人は熊野本宮大社の在る大齋原（おおゆのはら）で啓示を受け、賤陋が故に迫害を蒙るが、自らを晒し、卑賤と蔑まれた民たちにも依怙（えこ）はなし、と諭した。戦さがあると、夥しい死骸が横たう。まず、百姓たちが現れ、金になる鎧や刀剣を剥ぎ取る。次に現れるお菰たちの集団は具足下着から褌まで一切を持ち去る。素っ裸にされた兵士たちの死骸は、最後に時衆の民たちによって丁重に回向されたと言う。人々は尊みと敬愛を込めて、そんな人々を「回向衆徒」と呼んだ。

時衆の民にとって、熊野の顕現は特別なものだった。歩き巫女たちは蔑まれながらも全国の熊野社を巡礼して廻っているという。

中之条を熊野権現の宮司に仕立て、歩き巫女たちにとって特別の意味がある梵字を吉祥屋の面に掲げ、その意味を知る者を誘い込もうとした。

――誘い込みたい者、それが齋だとしたら?

龍庵は中之条をみた。中之条は相変わらず惚けた顔で遠くを見ていた。

「もしかして、お前たちは歩き巫女を待っていたのではないのか?」

龍庵はそう質した。

中之条の目が泳いだ。

「医者様は、な、なぜ、歩き巫女だと?」

「思い当たるところがある。最近、参拝に来た者がいないか?」

「ええ、まあ」

今度は佐衛門が目を剥いて中之条をにらんだ。

「話してみろ!」

「琵琶を抱えた巫子が訪ねてきやした」

「歩き巫子か？」

「へえ、あれが歩き巫女だと言われれば、そのような……。歳は取ってはいるが、若い頃はさぞ別嬪だったろうと」

中之条は媚を払うように瞬きをすると、覚悟を決めたように鋭い目になった。

「日が沈むまではまだ多少は時間があるというどんよりと曇ったある日でございやした」

吉祥屋の勝手口に琵琶の音が響いた。手代が勝手口を開けると一人の年老いた歩き巫女が琵琶を抱えて立っていた。

「だめだよ、うちは乞食に施しをしない定めにしているんだ」

手代はそう言って追い払おうとした。

「いえ、私は物貰いではありません。修験の者です。ここに熊野権現を祭る祠があるようですので、是非、御参りをさせていただきたく」

歩き巫女はそう言うと、右手を掲げて合掌した。

「そうか……、ちょっと待っててくれ」

その手代は母屋の脇にある宮司が控える建物の木戸を叩いた。ちょうど、中之条は仲間のやくざたちと花札に興じていた。

「おお、ちょっと待ちなさい」

中之条は慌てて花札を隠し、畏まったふりをして木戸を開けた。

「巫子が権現さんを拝みたいと来ているんですが、どうしましょう？」

「どうしてここに熊野権現社があることを知ったのだろう？」

その時、中之条は、謎の武士の言葉を思い出したという。

——吉祥屋の勝手口の横に梵語を書いた木札を目立たぬように掛けてある。その木札を見て訪ねて来た者があったら、丁重に扱い、お前をここに案内したあの男にすぐに知らせるのだ。

中之条は納得した目を作った。

「そうか、それはありがたいことだ。すぐに御通ししなさい」

歩き巫女は中庭に通されると、中之条の前で丁寧に琵琶を置き、両手で顔を覆うような合掌をした。

中之条はこの歩き巫女の顔に記憶があった。

「はて、どちらかでお会いしたことが？」

歩き巫女は首を横に振って答えた。

「いいえ、あなたさまのような高貴な方とは面識が持てません」

「さようか。いずれにせよ、よくぞ参拝にいらしてくれた。さっ、この飛び石を歩み、どうぞ祈祷してくだされ」

歩き巫女は、粛として飛び石を歩んで祠の前に立った。懐から神楽鈴を取り出し、それを回転させるように響かせると、

「ナム、くまのだいごんげん、ナム、じしゅうのたみたちのしあわせをおんねがい、くまのびくにのまんがんはたすことに、かしこみ、かしこみ、じしゅうのたみたちの……」と謡っ

た。

「じしゅう？」

中之条の目が鋭く光った。

暫くして祝詞は無音になり、その歩き巫女は口の中でなにかを唸っている様子であった。

いつのまにか吉祥屋の手代、利一が中之条の横にすり寄ってきて、祠の前で祝詞をあげている歩き巫女を鋭い眼光で見詰めていた。

そして、小声で中之条に囁いた。

「ついに姿を現したな？」

祝詞が終り、歩き巫女は深く頭をもう一度下げると、今度は阿弥陀経をあげはじめた。

「にょがもんいちじぶざいしょぁえこくぎじゅつきっこどおんよだいびくしゅうせんひゃくごじゅうこくにん……」

「ありゃ、熊野権現の祝詞じゃないな。浄土宗の阿弥陀経かね？」

利一の不躾な声が喧しかった。すかさず中之条がまゆあいを寄せ、人差し指を立てて利一を黙らせた。

中之条は、歩き巫女が謳う阿弥陀経に思いを馳せるような穏やかな表情で聞き入っていた。

歩き巫女は一節が終わるともう一度手を合わせて、深く頭を下げた。

爽やかな笑顔を湛え歩き巫女が中之条の所へ戻った。

「かたじけなく、ありがとうございました。おかげさまでまた、一つの熊野権現さまの社をお参ることが叶いました」

利一が一歩前に出た。

「長い修験でさぞお疲れでしょう。これは私ども熊野権現を祭る者の嗜みとしてしばし御休み頂き、この地の名産などを御もてなしするのが定めでございます。ささ、どうぞこちらへ」

母屋の離れのような建物に歩き巫女を誘った。


歩き巫女は利一に誘われるまま、離れに入って行った。

「ところで巫女殿、あなたの御名前は?」

利一は慇懃にそう訊ねた。

「わたくしは、齋と申します。ご覧の通りの乞食、歩き巫女です。全国の熊野権現社を参拝し、琵琶を奏でながら地獄極楽の絵説きをし、平家物語や小栗判官伝説を謳って聞かせています」

齋は出された茶を美味しそうに飲み干すと、すーっ、と腰をあげた。

「御馳走になりました。もう少し歩いて、次の社をめざします」

利一が慌てた。

「もう少しよろしいでしょう。少し、聞きたいこともあります」

齋は座りなすと、

「なにか?」と利一を見た。

「あなたは、時宗の信徒ですね?」

利一の声は低く鋭かった。齋の唇が一瞬震えた。

「時宗？　何のことです？」

「しらばっくれちゃだめだよ。齋とか言ったな。そんな勧進比丘尼のなりをしているが、玄関に掛けてある[illegible]の象形は選ばれた特別な時宗の連中しか分からないはずだ。まんまと騙され、ここに入ってきやがった。もう逃がさないぜ」

利一はそう啖呵を切ると、逃げようとする齋を取り押さえた。そして、齋の鳩尾辺りを拳でズン、と叩くと、齋はぐったりとして倒れた。利一は齋の口を強引に開き、懐から出した丸薬を口腔に押し込み、茶の残り湯を注ぐと、齋の首をグイとあげて胃の臓腑に押し流した。

## 十二

齋は長い長い夢を見ていた。

何を飲まされたのか？　齋の時が渦潮に飲み込まれるように回転を続けた。波に身を任せていると、じきに浮遊して、様々な記憶が蘇った。

夢の外には齋を覗き込む人叢（ひとむら）があった。

齋の夢の中身を探るように、ある時は老人の声で、ある時は女に声色（こわいろ）を変えて、齋に訊ねてきた。齋は、朧げな意識の中で、その鮮やかな記憶を手繰るように、夢の外の影に語り続けた……。

齋の夢は三十年前に遡っていた。

琵琶法師がいた。

呻く声が齋の夢の中で轟く。

「もう、刻限を切った。本当に覚悟は良いのだな？」

齋は滴（したた）る涙を拭こうともせず、大きく頷いた。

法師はまだ三つにも足りない赤子を抱きかかえると、頭陀袋の奥深くに滑らすようにしまった。

「母とは暫くの別れだ」

法師は潰れて白濁した目の奥の瞳に無碍の慈悲を湛えて、もう一度、齋を見た。

「では、出かけてくる。次に会えるのは来年の春の新月、熊野の阿弥陀如来の元、大齋原（おおゆのはら）でだ。それまで、無事に修験されよ」

「その場にはお前と琵琶法師。それに琵琶法師に預けたやや子の他に誰かいたか？」

人叢の一人がそう質した。陽炎のような記憶の中に、もう一人、五つくらいの女児が見えた。

いや、女児ではないかもしれない。凛とした眉毛には意志の堅固な男子の面差しがあった。

「赤子……」

「赤子とな？」

「男子か？　それとも女児か？」

齋の記憶に突然、紗幕が音を立てて落ちてきた。

齋は目を閉じ、その風景をもう一度辿ったが記憶の先が途絶えていた。

齋が強く首を振ると、外の声は黙った。


齋の夢は、山深い漆黒の闇の中にあった。恐らく、女児を琵琶法師に預けた前の年の新月……。そう、新宮に近い熊野川に沿った万歳峠だ。

時宗の開祖、一遍上人自らが建立した碑に修験者たちが集結している風景が齋の夢の中で鮮やかに浮かんだ。

暗闇の中で、修験者の一人が一遍上人の言葉を詠みあげた。

『再び、夢想の告げあり、熊野本宮に参拝ができ、三十七日を経て、万歳の峰に石の卒塔婆を立てて吉祥塔と命名した。この峠の由来の万歳は長く久しく熊野権現、すなわち阿弥陀如来への愛慕を続ける修験の道を指し示すものである』この一遍上人の教えに帰依した宗徒たちを時衆の民と呼んだ。

時衆の民は敢えて、乞食、琵琶法師、勧進比丘尼、あるいは歩き巫女と卑しい身成りに落とし、それを修験の道としていた。それゆえ、大っぴらに新宮の城下町を歩くことも憚られた。

そのため、彼らはまず、ここ万歳峠に集合し、湯の峰温泉から大日越えをして本宮大社に向かった。

その晩は新月であった。峠付近は深い闇で、時折威嚇する獣たちの目が唯一の灯りであった。そこに夜道をものともせず、峠を目指して歩く健脚の一群があった。先頭の男は法師姿で、小さな旅提灯を掲げていた。万歳峠に着くと、一遍上人の碑の周りに集まって蝋燭を立てた。

灯火に彼らの顔の輪郭が朦朧とした陰を伴って浮かび上がった。

その後も、次々と修験者たちの一群が集まってきた。

ゆうに百人を超える人々が、山奥の峠に集結したのは、じきに空が白み始めるだろう、という未明であった。

碑の一段高いところからこの集団を仕切るのは法師姿の大男で、琵琶を背中に背負っていた。

右目がつぶれ、左目も白く混濁していた。

「玄清殿……」

齋は夢の中で小鳥が囀(さえず)るように嗚咽した。

一同は東の空に向かって祈った。やがて日の出を迎えた。再び熊野権現に祈りを捧げると、全員が玄清の元に集まった。

「皆の衆」

玄清は続けた。

「大事な事を伝えなくてはならない。我々時衆の民は一遍上人様が残された絵巻とそこに書かれた真義を永遠に伝える義務がある。加えて、我々はある大切なお方とその御子をお守りする誓いを立てなくてはならない」


「玄清がそう言ったのか！」

外の声は動揺し取り乱した。

悲憤に満ちた齋の顔が歪んだ。

「そ、それで、一遍上人の絵巻と秘儀を記した書はどこにあるのだ！」

「書？」

「そうだ、何かの書き物であろう？」

齋は外の声に向かって質した。

「あなた方は、一遍上人様の秘儀をご存じなのですか？」

「知る由もなし」

外の声はそう答えた。

齋は声を上げて笑った。

「何が可笑しい！」

外の声は、声を荒げた。

「お前たちのような勧進比丘尼のようななりの乞食が知りえたものなど、誰も相手にすることなどないわ」

齋は肩を震わして笑い続けた。

「では、なぜ、あなたは私たちの秘儀を知りたがるのですか？」

齋の一言に外の声が、蝋燭が風に煽られたようにスーッと消えた。

齋は再び深い夢の中を彷徨いはじめると、玄清の穏やかな声が、聞こえてきた。


玄清はこう語った。

「我々しか知りえぬ刻印をこれから一人びとりに彫る。もし、時衆の民を騙って近づく者があっても、この刻印無き者は暗流の者たちであると心得よ」

玄清はそう言うと、刺青を一人一人の背中に彫った。

齋に順番が回ってきた時「玄清様、この子らはどうしたら良いのでしょう？」と訊ねた。

玄清は黙って子供たちを見た。

「この高貴な男子に彫り物をするのは畏れ多い。この女児には別の役目を与えよう」


「高貴とは？　ど、どのような？」

齋はこの外の声に聞き覚えがあった。混濁する夢の中でそれが誰だか思い出せない。ただ、この声の主は「高貴」という意味を心得ている……。それを知っている人間は齋の知る限り……。

齋の意識が再び遠のくと、違う声が齋の夢を遮った。

「じゃ、お前の娘の役割とは何なのだ？」

「役割？」

「そうだ、娘の役割だ？」

「役割があるとするならば、時衆の民だったらすぐに知りうる秘密が娘の身体に刻印されていること」

「ど、どんな刻印だ？」

「私たちが見れば分かります」

外の声は苛立ち、

「だから、その刻印の意味を教えろと言うておる！」

「……、地図」

「地図、隠し場所のか？」

齋は斜交いに首を垂れながら「そう、その地図」と答えた。

「お前は、その場所を知っているのだろう？」

齋は首を横に振った。

「知らぬのか？」

「知っているのは玄清様、それに……」

「それに？」

「娘の身体」

齋の夢の外の声の喉がゴクリと鳴った。

「お前の娘は今どこにおる。一緒ではないな？」

齋の夢はそれからも脈絡なく時空を行ったり来たりした。

そこがどこだったか齋は思い出せなかった。江戸のどこかのような気もするし、中山道か甲州街道のどこかの宿場だったかもしれない。玄清以外に誰がいたかも思い出せなかった。ただ、ずっと追われてこの地に辿りついたような記憶があった。ある時は烏口で顔面を覆った浪人風情に追われ、玄清の家来に助けられたこともあった。ある時は虚無僧数人に取り囲まれ、危うく娘を連れ去られそうにもなった。その時も齋を警護していた玄清の家来が虚無僧たちと戦って、一人が斬られたような記憶があった。しかし、もう限界だった。あいつらが狙っていたのは齋の娘だった。いや、肉体に彫られた刻印だった。

玄清は齋にこう伝えた。

「娘をお前から離して、安全な所へ連れてゆこう」

齋は覚悟をしていたのか、俯きながらも頷いた。

「もう、それしかありませぬ」

「そうだな。どうだ、小原宿の封人、野火坂太郎衛の所はいかがかな？」

「上人は太郎衛殿が娘の父親と知っておいでですか？」

「いいや、ただ、お前の姿と、娘の姿を重ねればそのくらいのことは分かる。お前が、小原宿の美湧谷鉱泉で、本当に人柄が温厚で賢い人の血を求め、立派な時宗を継ぐ子を産んだとなれば、他には考えられまい」

齋は滂沱する滝のような涙を止める術を知らなかった。

「もう、この子とは会えませぬか？」

「いいや、恐らく五の倍数年に因果を迎える。五年先か十年先か、二十年先かもしれない。しかし、次に再会した時は齋も娘とともに阿弥陀の元で幸せな生活が得られる。心配は無用だ」

「相模の国小原宿の封人……。あの辺はここ数年飢饉で大変な所だ。米も底をついたと聞く」

齋の夢の外の男はそう独り言のように呟いた。

「それで、お前の娘の名は何という？」

齋は少し笑みを浮かべて答えた。

「登貴……」

## 十三

中之条のこの供述は佐衛門も龍庵もにわかに信じることはできなかった。そもそもが筋金入りの詐欺師だ。探索を混乱させるための狂言かもしれない。

しかし、龍庵は自身を抑えられないほど齋に想いがあった。あの小原宿で聞いた齋という女の生き様は、龍庵の心の奥深くに憐愍（れんびん）の情けを残した。

それが思わず詰問の口調となった。

「ところで、齋はどうした？　どこにおる！」

中之条は上目遣いで龍庵を睨むと、

「さて、知りませんやね。利一さんがどっかに連れて行ったんじゃ？」

「生きてはいるのだな？」

「だから、分かりません。ただの雇われ偽宮司ですから」

太郎衛に預けられた登貴と養生所で死んだトキとは別人だとは龍庵は思う。確かに死んだトキには時衆の民に似た阿弥陀に奉ずる霊性があったような気がする。その一方で、時折見せる何かに媚びた目は、俗界への執着が透けて見えた。それは龍庵が思い浮かべる齋の心象とはあまりにかけ離れているのだ。


佐衛門が大きなため息を吐いた。

「一休みするか？」

場の緊張が緩んだ。

佐衛門と龍庵は改め部屋から外に出た。

龍庵は佐衛門の横顔を見詰めた。ひどく疲れているようだった。

龍庵は佐衛門の気持ちが良く分かった。

ここ数日で、養生所では不審死に続き、凶悪犯が次々にお縄になり、そして、取り調べ中に女が自害、外来の施医部屋には佐衛門の剣で右腕の骨を砕かれたやくざ者が痛みで唸り声をあげていた。

行水場など、小織の吐瀉物をきれいに洗い流し床張りを賄い中間が小光りするまで磨き上げたのに、気味が悪い、と病人たちが行水をしたがらない有様であった。

安静を必要とする病人たちにとって、この事態が好ましくないのは当然だ。

――早く解決しなくては……。

やはり、罪咎改めなど然るべき場所ですべきだったのだ。佐衛門は今までにない焦燥感を感じていた。

そんな佐衛門の姿をみて、龍庵は、何か自分でできることはないかと思案した。外来はとっくに終了し、入所病人の診回りも終えた。後は生薬を整え、町に出て一杯飲むのが日課だが、養生所を出たとたん、龍庵の足は自然に吉祥屋に向いていた。

吉祥屋の見世が良く見える所で龍庵は腕を組んで様子をうかがった。

しばらくした時だった。遊女か湯女風情の女が桜模様の小袖を乱し、足をふらつかせて玄関から入ってゆこうとしていた。

手代が出てきて行く手を塞いだ。

「ここから先は足止めだよ」

女は口を尖らし怒鳴った。

「なんだよう、今日に限って。利一さんを呼んでおくれよ！　もう無いんだよ、あれが」

――利一だと？

龍庵は目を細めた。

そこへ、一人のひどく背の低い手代が母屋から飛び出してきて、女の袖を引っ張った。

「おい、今日はだめだと言っただろう」

吉祥屋の見世先が騒がしくなった。その時、誰かが龍庵の肩を叩いた。

佐衛門だった。

「ここにいると思ったよ」

佐衛門は苦笑いを作った。

「あの、チビが利一だろう？」

佐衛門が顎で指した。

その時、その男は佐衛門に気が付き、怯えた視線を注いだ。

佐衛門はすかさず睨み返す。男は肩を少し上げるようにして舌を鳴らした。佐衛門はゆっくりと歩み、男の前に立った。

「利一か？」

男は顎を少ししゃくった。

「へえ、何か御用でも？」

利一は慇懃にそう答えた。

「いろいろ訊きたいことがある。ちょっと一緒に来てくれるか？」

「なんですかい？　一体、何の不始末での改めで？」

「それはあとで話す」

利一は目を細め、その奥で仇する焔が光った。多くの人を殺めた目だった。

白山権現社を抜けて、武家屋敷が並ぶ一角に差し掛かると利一が喚(わめ)いた。

「おいおい、この道は番所に行く方向と違うぜ」

しばらくすると養生所の玄関前に着いた。

「まさか、養生所に連れてこられるとはな。あたしはどこも具合の悪いところなぞありませんがね」

佐衛門は無言のまま利一の首根っこを掴んで、改め所に押し込んだ。

すると、拘束された中之条を見つけ「あっ」と声をあげた。

「なんだ、お前たち、知り合いか？」

佐衛門がわざとらしく質した。

「そりゃ、そうだろう。俺は吉祥屋の手代。この方は吉祥屋の中庭に鎮座されている熊野権現聖正教の大宮司様だ。知らない理由(わけ)もない」

中之条は苛められた亀のように首をひっこめ、利一を見ようともしなかった。

利一は忙しなく何度も肩を解(ほぐ)した。

「どうだ？　まず、お前が隠匿米の売買にどう絡んでいたか、そこから聞こうか？」

佐衛門の利一への尋問が始まった。

「隠蔽米？　さて何のことだか？」

佐衛門は惚ける利一を顎で笑った。

「まぁ、話したくなければ黙っていればいい。ただな、闇米の改めはきついぞ」

佐衛門の恫喝は利一に効いた。

「なに、そういうわけじゃない。おいらが知っていることなら何でも話すが、どこから話せばいいんだい？」

「そうだな、小原宿辺りのことからか？」

利一は目を剥いた。

「小原宿？」

「知っているよな？」

利一は慄くように頷いた。

「お前が吉祥屋を介して御法度の闇米を小原宿の封人、野火坂太郎衛に斡旋してひと儲けを企んだ。その裏は十分すぎるほど取ってある。もう、それだけでお前は獄門を免れない大悪党だが、幸いなことに、拙者はまだ奉行所にはこの事を訴え出てはいない。お前が正直に話せば一の腕に一、二本横縞の入れ墨が入るぐらいで済むかもしれない」

利一はゴクリと生唾を呑み込んだ。

「拙者が知りたいのは、太郎衛が何故殺されなくてはいけなかったか、その一点だ」

利一は顎をしゃくるようにして、

「旦那、頼みますぜ。奉行所には何卒穏便に。おいらはただの使い走りで、なにも知らねえ……」

——この男、本物の悪党だな。

龍庵が思わず間に入った。

「ところで、齋はどこにいる？」

「齋？　誰のことだ？」

「とぼけるつもりか？」

「なんだよ、人探しなら言ってくれれば良いものを。俺は結構、地方にも行くので顔は広い方だがね、齋、という女は知らないね」

利一ははぐらかす。

龍庵は不承知に口を尖らすが、構わず佐衛門は尋問を続けた。

「それでは別の事を訊ねる。お前、武家の知り合いは？」

利一の目がまた、鈍く光った。今度は攻撃的というより、何かを恐れている眼であった。

利一は深く息を吸い込むと、今度はゆっくり吐きながら喉を震わせた。

「お武家様なんか、俺ら下っ端が知るわけがないでしょう？」

「分かった。要するにお前は齋のことも武家のことも知らないのだな」

「ああ、そうだよ。何も知らねぇ」

ここが町奉行所だったら、拷問部屋で太郎衛殺しを吐くまで絞り上げるところだ。それに、利一のような手合いは簡単に悪事を吐かない。何かぐうの音も出ない証拠を突きつける必要がある。

佐衛門は賭けに出た。

「ここに控えていらっしゃる、熊野権現聖正教の大宮司であられる中之条博光殿は我々にいろいろ話をしてくれた。お前がある武家から特別な役目を負っていたと申しておった。お前がその武家を存じないとなると、この方の話されたことはすべて詭弁である、そういうことだな？」

佐衛門がそう言うと、利一は喉を枯らすまで大笑をした。

「馬鹿を言うんじゃないよ。こいつは、江戸界隈じゃちょっと知れた詐欺師で、六部や坊さんやらせたら、本物がお祈りするくらい達者に祝詞やお経をあげられる」

そう言って、突然利一の顔が歪んだ。自ら中之条らの仲間であることを告白したようなものだ。

——となると……？

中之条が語ったことはすべて本当のことかもしれない。佐衛門はそう思った。

吉祥屋中庭に鎮座する熊野権現聖正教というのは寺社奉行内藤信親殿直々許可を得た正統神道というのも嘘。すべて、齋を誘き入れるがための小細工だとすれば話の筋道が合う。そうだとすれば、齋を追う一派に大物の武家が結んでいる。この武家が吉祥屋の中庭に社を築いた。そうなると、その秘匿は吉祥屋にある……。

闇米は、吉祥屋本体の扱いではあるまい、と佐衛門は思った。どうせ、利一らの小遣い稼ぎに違いない。

「そう言えば……」

佐衛門は喉を閉じるように咳いた。利一をしょっ引いた時、足元がおぼつかない遊女のような形(なり)の連中が何かを求めて吉祥屋の木戸に屯していた。

あの様子は……、南蛮渡来の麻薬？　意識が飛んで耽溺を経て廃人になるという。この麻薬に一度嗜癖すると、気が狂ったように薬を求めるという。麻薬を売り、煙管をさせる場所？　暗がりの巌窟の風景が湧き上がる。

佐衛門はふと吉祥屋の中庭に在った二軒の粗末な建物を思い出した。その内の一つは恐らく中之条らが控える社務所として使っていたのだろう。では、もう一つは？

そこに立ち込める麻薬の煙霧が目に浮かんだ。

――こいつは怪しいぞ。

利一は中之条を雇った武家と組み、ご禁制の麻薬を使って世の中を混乱に貶めようとしている？

佐衛門は隣にいる龍庵に声をかけた。

「これから吉祥屋を改めに入ります。立雪さんの助けがいるかもしれない。よろしいか？」

龍庵は大きく頷いた。

## 十四

佐衛門は町奉行所から応援の同心数名と岡っ引きを交えた十名ほどを率い、吉祥屋に向かった。もう、夕刻になっていた。梧桐雨と言うのか、秋を待つ枝垂れにこびり付くような小雨が降ってきた。ただ、合羽を羽織るほどの重い雨ではなかった。佐衛門が太刀に手をやり、同心一同を見廻した。

「殺傷は避けるように。証拠となる品はできるだけ現状のまま押収するよう心掛けてくれ」

荷車が出入りする大戸口はすでに閉められており、見世の勝手口の中に人のざわめきが聞こえた。

「まいる！」

佐衛門が腕をまわし合図を送ると、先遣の同心、久世晋介が勝手口から飛び込んだ。見世に詰めていた手代たちの驚いた顔が一斉に晋介に向けられた。

「町奉行所の改めである！　その場から動かずに邪魔立てしないよう！」

母屋と結ぶ中庭に通じる木戸は締められていて、内側から鍵が掛かっていた。同心の一人が突棒の腹で木戸の上を叩くと、木戸は音を立てて外れた。

佐衛門がまず、中庭に入った。辺りに物音は無い。使途の分からない梁を切妻に組んだだけの粗末な建物。佐衛門が狙いを定めたのはこの建物だ。

戸口の脇に身を伏せた佐衛門は、小さな格子窓から中を覗いた。瓦灯（がとう）の灯がゆらゆらと揺れていた。奥にも部屋があるようだった。隠し戸に触れると中から心張（しんば）り棒が掛けてあるようであった。

――中につっかえをした誰かが居る。

佐衛門は袴の腰板に挟んであった十手を取り出した。

十手を右腕に添えるように持って、肩から隠し戸を払うように押した。すぐに心張り棒がコトンと音をたてて外れた。

「まいる！」

佐衛門は龕灯提灯（がんとうちょうちん）を燈し中に入った。

饐えた体臭が佐衛門の鼻をついた。

人の気配は隣の部屋からだった。襖を一気に開くと、そこに数名の男女が怠惰に横たわっていた。龕灯の光に応じることもなく、時折、溜息ともつかぬ息遣いで、辛うじて生きていることが分かった。

一人の女は胸をはだけ、帷子から乾涸びた乳房が溢れていた。男たちは褌一丁で、そして、男も女もひどく痩せていた。

彼らの足元には瓦灯の蓋が開けられ、そこに焦げた薬のような粉が散乱していた。

佐衛門はすぐに南蛮渡来の秘薬であることを悟った。佐衛門の疑念が的中したのだ。煙管（きせる）の雁首には使いかけの粉が残っていた。残臭に人を魅惑する秘匿の魔性がある。

奥にも襖があった。わずかに開いていて、廊下が続いている。二間ほどの長さの廊下は、右も左もどん詰まりであった。

――奇妙だな……。

佐衛門は廊下の造作を不自然に感じた。なぜ、こんな所にどん詰まりの廊下を造らなければならないのか？　奥に続く廊下をここで遮断したからか？

その時、廊下の壁の裏がわずかに震えた。佐衛門は壁を両手で触れてみた。どこにでもある畳二枚分くらいの板の敷居であった。左右に引いてもびくりともしない。床を見ると、床板と敷居の間にわずかな段差があって、そこだけ床の塗りが剝げ落ちていた。

佐衛門は目を細めてそこを凝視した。うっすらと、敷居に目では見えないほどの爪彫があった。それも丁度両腕の幅であった。

――摺上戸（すりあげ）か？

佐衛門は両手を爪彫に沿わせて、ぐっと力を入れてみた。わずかに上に動いた。床と敷居の間にわずかな隙間ができたので奥を探ってみた。小さな窪みが指の先に触れた。そこを支えにして、一気に引き上げた。敷居はけたたましい音を立てて、持ち上がったのである。

案の定、奥に廊下が続いていた。右手に格子を組んだ部屋が見えた。蠢く人の気配がした。龕灯提灯を照らすと、堅固な格子柱が浮かび上がった。それは正に座敷牢で、人の気配は老女であった。真っ白な切髪に帷子をはおり、朱の袴を着ていた。

老女は眩しそうに佐衛門を探った。

「お前が齋か？」

老女は、両手で口を塞ぐようにして頷いた。

「なぜ、私の名を？」

「助けに来た。私は長谷口佐衛門、町奉行所の与力です」

齋はよほど驚いたのか、細い喉元が鳴ってささめきになった。

「ど、どうして町奉行所の与力様がわたしのような勧進比丘尼風情の歩き巫女を御助けになるのです？」

——美しい声をしている。

琵琶を奏で、平家物語を達者に謡うというが……。

佐衛門は座敷牢の閂（かんぬき）錠の輪に鎖十手を通し、それを八の字にしぼりあげると、思いっきり手前に引いた。閂の留め金がバリッと音を立てて剥がれた。

齋は座敷牢の奥に置いてあった琵琶と笈を取ると、

「ここから出てもよろしいのですか？」

「まず、養生所に行って、身体を休めたらよい。それからいろいろ話を聞きたい」

「養生所？」

齋は訝しげな顔を作った。

「事情は後でゆっくり話す。まず、養生所に行こう」

そこに龍庵がやってきた。

「立雪さん、ちょうど良いところに来た」

佐衛門は提灯の光を齋に当てた。

「歩き巫女の齋だ」

齋は座敷牢の前で膝を折ったまま立ち上がれないでいた。

龍庵は齋の脇に太腕を通し、齋を立ち上がらせた。齋のやつれた横顔を見て、龍庵は驚愕の声を上げそうになった。筋の尖がった鼻、少し吊りあがった目、輪郭の豊かな婀々とした唇。

――久紗……？

龍庵は心の奥から湧き出でる時宗の声明を聞く思いだった。とんでもなく大きな力が龍庵に何かをさせようとしている。それは……、仏の界なのだろうと龍庵は思った。そして、時衆の民たちの背に坐す阿弥陀のお姿を龍庵ははっきりと見た。その横で、薬煎所の久紗がほほ笑んでいる……。

一筋の涙が滴り、龍庵の頬につたわった。

騒ぎを聞いて、吉祥屋の主人、平八が佐衛門の前で畏まった。

「吉祥屋の平八、と申したな？」

平八は呆然と左衛門を覗き込んだ。

「ところで、この建物は当家のものであるのか？」

平八は首を振って否定した。

「とんでもありません。頼まれてこの中庭とこの建物をお貸ししているだけです。私どもには一切関係がございませんので」

「ほう、誰に頼まれて貸しておる？」

「ですから、水野家の、いいや、熊野権現聖正教の方からでございますが」

平八は慌てた表情を作った。

——今、水野家と言ったな？

佐衛門は平八の一言を聞き逃さなかった。

——水野といえば、紀伊、新宮……？

## 十五

齋を連れて養生所に戻った龍庵は、齋の身体の具合が気掛かりだった。確かに肉体も精神もひどく疲弊している様子だった。恐らく「自白剤」のような南蛮渡来の秘薬を飲まされ続ければ耽溺を経て、心を病むような症状が出る。しかし、齋はそれでも「気」はしっかりしていた。

「齋さんは長い拘留で疲れているだろう。少し、休まれたら良い」

龍庵がそう慮ると、齋は嬉しそうに頷いた。

龍庵は女中間に医師宿直部屋に布団を敷くよう命じた。

「今、棗粥(なつめ)を作って進ぜるから、脾胃を温めれば良く寝られる」

齋は随分長い間寝続けていた。齋の苦しそうな寝顔を見ながら、龍庵は北の病人部屋に安置されている小織の遺体を見せるべきか考えあぐねていた。

暫くして齋が目を覚まし、辺りを不安そうに見回した。まだ現実と夢遊が交差している様子だった。龍庵に気が付き、初めて安堵した口元を作った。

「どうです？　具合は？」

齋は眦(まなじり)を深くして笑った。

「こんな爽やかな目覚めなど二度と迎えられないと思っていました。あのお粥のせいでしょうか？」

「棗粥は安神剤と言うてな、心を穏やかにして良い寝を誘う」

「そうですか……」

齋の音曲を奏でるような嫋嫋とした声の余韻が龍庵には心地良く響いた。

龍庵は姿勢を正した。

「ところで齋さん、身体が芳しくないのに恐縮だが、この象形の意味が分かりますか？」

龍庵は処方紙の切れ端に「[illegible]」の象形を書いて齋に見せた。

齋は訝しそうに瞳を細めた。龍庵はじっとその様子を見ていた。最初は言葉を失ったようにあんぐりとしていたが、しばらくして、その目は情動を抑えられないように鋭く、穎悟を孕んで来た。

「これは、阿弥陀如来さまです」

「阿弥陀如来？」

「ええ、一文字で仏を表す梵字の象形……」

そう言って、齋はこの世の者とは思えない穏やかな表情に戻った。

龍庵は齋を本当に綺麗な人だと思った。もう、五十をはるかに超えた白髪の老婆ではあるが、年齢を超えた何かへの想い、信心が持つ美しさが齋にはあった。

齋の横顔に、龍庵は久紗を想った。

——やはり、久紗は齋とよく似ている。

特に目や鼻筋など瓜二つではないか。もしかして、久紗が登貴……？

龍庵はまた、時宗の声明が耳元で響いたような気がした。

齋は目を閉じ、指を立てて瞑想するように唇を覆った。齋の指はひどく荒れていた。修験の長い旅と、恐らく命がけで何かを守り抜こうとした齋の人生が指の一本一本を刻むように辛く虐めてきたのだ。

「辛い、修験だったのでしょう？」

龍庵が思わず齋の手を握ると、齋は艶のある目で龍庵を見た。龍庵はもう一度齋の指を愛撫するように握り締めると、

「会ってみますか？」と訊ねた。

「……誰と？」

齋のその声は能舞台の狂言方の一瞬の呻吟のようであった。

「小織と言います。奸婦（かんぷ）です」

「奸婦？」

「つまり、毒を扱う人殺しの女です」

齋は黙った。何かを思い出すように、何度も唾を飲み込んだ。

そして、囁くように龍庵に訊ねた。

「その奸婦とは？」

龍庵は少し間を開けて答えた。

「多分、あなたと同じ信心を」

齋は何回か「信心」という言葉を口腔で繰り返した。そして、微笑みを湛えて龍庵を見つめた。

「あなたさまが会えと言うのなら」

龍庵が齋の腕を抱きかかえ立たせようとすると、齋は龍庵に寄りかかるように身を預けた。

齋の糸+光のような吐息が龍庵の首筋に触れた。龍庵は不思議な気持ちだった。初めて会った時宗の歩き巫女で、小原宿の封人の子を宿した齋が、自分の母親か、いや、長い間待ちわびた寵姫を見つけたような感覚で蘇ったのだ。

——そうだ！

龍庵のある記憶が蘇った。

ずいぶん前だ。音羽の町屋で歩き巫女たちの集団に出会った。その時、大きな平家琵琶を担いだ真紅の巫女袴を着した巫女がいた。その時、この巫女の眼から発せられた悲しい謂れと、或る事を守り抜こうとする意志で龍庵を見詰めた。龍庵の脳裏深くに刻まれたこの記憶にある巫女こそ……、そう、齋だ！

北の病人部屋の一番奥の部屋に小織の遺体が安置してあった。手前の部屋には吉祥屋から連れて来た麻薬に耽溺した男女の禁断に喘ぐ唸り声が墓地で蠢く物の怪のように轟いた。辺りは真っ暗である。

廊下の柱の影からヨシが顔を出した。ヨシは齋を見て怪訝な顔を作った。

廊下の常夜灯の火が灯った。

ふわっと辺りの風景が陽炎のように浮いた。

病人部屋の引き戸が開くと、板間の奥の敷居が鎮守のお化け松のようにゆらゆらと灯りに反射した。

広い病人部屋の板間には茣蓙が敷かれてあり、そこに白髪が混ざった小織の遺体が横たわっていた。

まるで、毘沙門天の憤怒の形相の如くかっと目を開いたまま天井を睨みつけていた。

齋の喉が鳴った。

「ゆう……」

齋は小織の遺体を見詰めると、龍庵の胸深く顔を埋めた。

「今、ゆう、と言ったか?」

齋は顔を上げた。目が潤んでいた。

「ええ。ゆうです。憂鬱の憂……」

「この女は小織を名乗っていたが」

齋は激しく首を振った。

「名など、七節が小枝に化けるようにどうにでも変えられます」

齋は厳しい顔になった。

「この女が憂である証左が背にあります」

「いまさら改める必要はありません。先ほどお見せした象形はこの女の背に彫ってあったものを書き写したものです。ということは、この女はあなたと同じ時宗の信徒ということですね?」

齋は龍庵の胸に沈んだまま動こうとはしなかった。

そして、齋は絞り出すような声で言った。

「憂は私たちを裏切った……」

「この女が？」

## 十六

齋が背筋を伸ばして正座をすると、家柄の良い凛とした佇まいが辺りを包んだ。

「今からお話しすることは、そもそもが時宗の災厄のきっかけとなったことでした。時衆の民は毎年、春の新月の晩に、熊野の万歳(ばんぜ)峠に集まって一遍上人様の教えを絵巻から解く修練をおこなっていました。それは文字も読めない、無学な民たちにどう阿弥陀浄土を易しく解き明かすか。正に伝教の鍛錬でもあったのです。その中に、あの小織こと、憂もいました。もう、三十数年前のことです」

この時の修練は特別の意味があったと齋は言った。選ばれし時衆の人々が、ある秘密を守るため万歳峠に集まったのだった。お互いを見分けるため、左右の肩甲骨の丁度真ん中辺りに目立たない「阿弥陀如来」を表す梵字であるキリークという象形を彫った。[梵字]という象形である。それはごく淡い墨で塗り込んであったので、普段は蚊の引っ掻き傷程度にしか見えない。しかし、擦ったり、湯に入ったりして血流が豊かになるとこの象形が鮮やかに浮かんだ。

憂は時宗の中でも指導的立ち処にいたと言う。良く仏典を解し、熊野権現の修験にも耐えてきた。なにより熊野比丘尼の絵巻説教を上手にこなし、時宗を拡めるに大いに寄与した一人なのであった。

それから数年が経過したある春の新月、いつものように万歳峠での修験が終わると、時衆の民は翌年の春の新月の再会を約束して、全国に散った。憂は木綿布子に加賀風の編笠を深くかぶり、絵巻説教をする勧進比丘尼の姿に身をやつして万歳峠を下った。

そして、東海道を下り、箱根の関を越えた辺りのことであった……。

米俵を満載した荷車が箱根の峠からおぼつかない足取りで下ってきた。憂は道を譲り、一里塚の横で荷車が通り過ぎるのを待った。その時であった。荷車人足が押し棒を手横に抱えたまま優を襲ってきたのだ。憂がそれに気がついた時はもう手遅れであった。頭部の槌打は免れたものの、胸から腰にかけて強打し、憂はそのまま意識を失ってしまった。


どのくらい意識を失っていたのだろうか。目を覚まし周囲を見回すと、薄暗い板間に一人寝かされていた。小さな窓があって、陽が板間に影を落としていた。

「まだ、陽が高い。ここはどこなのだろう？」

憂は腰がひどく痛み、起き上がることができない。箱根の下りで荷車の押し棒に槌打された事までは記憶にあった。しかし、そこから先は思い出すことができない。

その時、木戸がすーっと開いて、一人の男が顔を出した。眼付きの悪い、ひどい小男だった。

「おう、目が覚めたか。どうだい、気分は？」

「ここは？」

「もうじき小田原といった所だ」

「小田原！」

「箱根で事故に遭ってなぁ。気の毒だから、荷車に乗せて、辺りの作業小屋を借りてあんたを介抱していたのさ」

「それは、お世話になりました。それで、あなた様は？」

憂の問いに男の眼の深いところが怪しげに閃いた。

「俺は……江戸は白山の地廻米穀問屋の手代、利一という」

「利一さん、ですか。私のような野垂れ死にしても誰も構わない、乞食同然の勧進巫女を御助け下さり、御礼を申し上げます」

「なに、礼はいらない。それよりまだ、痛むのだろう？」

憂は、まだ頭から腰にかけてひどい痛みが残っていた。

「ええ、まだ……」

「どうだい、煙管(きせる)でもやらないか？　気分が晴れて痛みも薄くなる」

利一は薄笑いを浮かべ、煙草(たばこ)盆を憂の前に出した。勧進比丘尼は求められれば謡いもするし、軒先で春も売った。最低の嗜(たしな)みとして煙管くらいは扱えた。

「そうですか。気分が晴れるかもしれませんねぇ。ご親切に」憂はそう礼を言って、出されたままに煙管の煙を肺の深くまで吸い込んだ。

「あ！」

憂は「しまった！」と思った。

――これは何かの秘薬！

そう思った時はもう遅かったのだ。意識という塊がまるで宙へ跳ね飛ばされるように、混濁したと思えば、鮮やかな色彩が浮かび、色が憂に話しかけた。

齋は大きなため息を吐くと、少し腰を捩って右手を板間に置いた。まだ、全身が疼くのだろう。

「それ以来、憂はその薬がなくては生きていけない身体になってしまいました」

南蛮渡来の麻薬は耽溺を経て、ついには薬を手に入れるためにはどんな事でもする、いわゆる中毒になる。人柄も変わり、特に憂は自分が帰依した時衆の民を、親の仇か厭忌する畜生のように憎むようになってしまったのである。

もう、信仰心を失ってしまった憂は、「小織」という通り名に変えて、江戸の賑わい所の宴席に呼ばれては卑猥な曲を歌い、得意の三味線で時勢を皮肉った都々逸を唸り、客が求めれば床を一緒にした。時には本所、鶴屋に女中として働き、売淫の仲介や麻薬の斡旋もした。そして、酒と秘薬に溺れながら、吉祥屋手代、利一が言うがままに齋と登貴を巡る時宗の秘密を暴露していったのであった。憂の裏切りのお蔭で、多くの時宗の修験者が何者かに殺され、その支持者までが迫害された。

特に登貴は、憂の射るべき正鵠となった。利一が何故、そこまでして齋や登貴をつけ狙うのか？　それは登貴自身の身体に刻まれた秘密を巡ってであることを憂は心得ていた。時衆の民たちが命がけで齋と登貴を守っていることも、時衆をよく知る憂にとって畏れる事だった。そんなわずかな躊躇いが綻びになった。

齋の供述によって謎の女小織こと憂の実像が明らかになった。

「これで、利一を攻められる」

兇行犯を専らとする佐衛門の勘が冴えてきた。

「歩き巫女の齋さんが随分と話してくれたよ」

太々しい利一は、目をギョロッと開けて、佐衛門に凄んでみせた。

「だから、齋なんて女のことは知らないといったろう！」

佐衛門は「ふふふ」と不敵に笑った。

「しらばっくれても駄目だよ。拙者らは小原宿に出役して、封人、野火坂太郎衛毒殺事件の裏をとった。その時、お前と太郎衛さんとの会話を女中が聞いたんだ」

利一は目をパチパチさせた。

「どうやら、お前は太郎衛殿にしつこく齋と登貴の居場所を訊ねたそうじゃないか？」

「そ、それは……」

「なんで、一介の手代のお前が時宗の庇護を受けている齋と登貴の事を知っているんだ？お前の裏に控えている悪党は誰なんだ？　え？　お前は誰に操られているんだ？」

佐衛門の改める声が厳しくなった。利一は見る見るうちに目の輝きを失い、煩いに変わった。

「い、いや」

「なんだ！　お前を操っていた奴にそんな恩義でもあるのか？　闇米の斡旋だけで死罪のこの時代だ。すぐにでも奉行所に引き立て、お前のその薄汚れた首を鈴ヶ森辺りに晒してやろうか！」

利一は覚悟を決めたように項垂れた。

「あっしは、本当にただの使い走りで……。勘弁して下さいよ」

利一は祈るように手を合わせた。

「あっしは小原宿から戻って、すぐに、小織を訪ねやした。小織は、昼間は大抵、吉祥屋の中庭にある、俄か作りの小屋にいやした」

「麻薬の耽溺者たちがいた、あの小屋だな？」

「なんでも知ってやがる」と利一は口を尖らした。

「おい、小織！」

半分、意識が飛んでいた小織は、利一の声に朦朧と応じた。

利一は小織の横に座り、麻薬が入った煙管を取り上げた。

「あまり、やり過ぎるなよ。お前にはまだやって欲しい事がいろいろあるんだ」

利一は用心深い目になって、襖の陰に小織を移した。

「実はな、明日か、遅くても明後日には俺たちが探し求めていた……」

利一は狐の眼になってもう一度周囲を見回した。

「ほら、時宗の秘密を身体に刻まれたという女の、育ての親がここにやってくる」

小織は朦朧とした目をカッと開いた。

「登貴を見つけたのですか？」

「本人ではない。登貴の育ての親だよ。小原宿にいた」

「小原宿……」

「そうだ、そこで封人をしている。名は野火坂太郎衛という」

小織は何かを思い出すように遠くを見た。

「知っているのか？」

小織は首を横に振った。

「この太郎衛という封人は登貴の事になると口を閉ざす。何かを知っている様子だ。吉祥屋を訪ねてきたら鶴屋に泊め、時間稼ぎをする。お前は鶴屋で太郎衛に近づき、あいつの行動の一部始終を俺たちに報せろ。頃合いをみて、偽宮司の中之条を遣って麻薬を吸わせて、あいつの心の奥を探ってみるつもりだ」

利一は、小織の喉仏に親指を刺すように押しこんだ。小織がもがくと、利一は薄笑いを浮かべた。

「どうだ？　苦しいか？」

小織は、蚊の羽音のようなか細い声で言った。

「このまま、死んでしまいたい……」

## 十七

利一はそこまで話すと、嗄（しゃが）れた溜息を吐き項垂れた。

「思惑通り小原宿の太郎衛がのこのこと吉祥屋に来やした」

野火坂太郎衛は吉祥屋が、堂々と米穀問屋を営んでいる大店（おおだな）であることに驚きを隠せないでいた。貧民窟のさらに奥の怪しげな倉のような所を想像していたからだった。吉祥屋は白山権現社の傍の高級武家屋敷が立ち並ぶ大通りにあって、どこにも隠蔽米を扱っているような隠微さはなかった。なぜ、こんな立派な米穀問屋がわざわざご法度な闇流通に手を出すのか、太郎衛にはそれが解せない。

利一が手を擦りながら慇懃に太郎衛を迎えた。

「どうも、どうも、先般は御邪魔を致しました。わざわざのお出ましで、ご足労をおかけ致しました」

奥のお得意客を接待する小さな座敷に通された太郎衛は落ち着かなかった。ご法度な米に手を出す事も、利一が盛んに登貴の行方を探っていた事も太郎衛の不安を煽った。

そこに利一が筆頭番頭の千代治を伴って入ってきた。

「私めが吉祥屋の筆頭番頭の千代治と申します。この度は、小原宿（おくに）の方もひどい飢饉で大変でございますなぁ」

千代治の丁寧な言い回しに太郎衛は少し安堵した。

「封人さまもご存じの通り、今は江戸も米穀の扱いがうるさくなりまして、特に江戸の米を地方に動かすのは御法度となっております」

千代治はそう本題に入った。

「しかし、水、清ければ、魚、住まず、の喩でありましてなあ。とくに小原宿の民が飢えに喘いでいると聞き、まぁ、私共で何とかできればと思いまして」

千代治は両腕で四角を描いた。

「こんな角材で周りを囲って、その中に米俵を忍ばせます。木材の流通は御法度ではありませんのでな。ご希望の十俵くらいでしたら、まあ、そうですなぁ、荷車二台、人足は四人かせいぜい五人、それに関所の番士の付け届けにちょいと」

太郎衛は大きく頷いた。

「確か、十六両と」

千代治は嬉しそうな笑顔を作った。

「もう、そこまでご了解頂いているのでしたら、話は簡単でございます。早速、手配して、そうでございますな、三日ほど頂ければ、ここを出立できますが」

「三日も……」

太郎衛は予想したより時間が掛かることに、肩を落とした。

——小原宿の民たちが腹をすかして待っている。ここから小原宿までは荷車だと最低でも四日は掛かる。なんだかんだ十日近くは待たせてしまうのだ。

太郎衛は首辺りにひどく重いものを感じた。

「ところで、野火坂さまはどちらにお泊りでございますか？」

太郎衛は腰を少し引いた。

「なにしろ、田舎の宿場の封人ですので、江戸にはまったく不案内で、これから宿を求めようかと」

千代治は膝を叩いた。

「それでしたら、手前どもがいつも便利に使っております本所の鶴屋という宿があります。宿代もお安いですし、なにより心遣いのある旅籠で、是非、そこに泊まられたらいかがでしょう。丁稚に案内をさせましょう」

太郎衛はその申し出は確かに嬉しかった。江戸では、引合もなく宿を求めると法外な宿賃を貪られるという。

「それは結構なご配慮で、助かります」

「では、荷車人足の手配が整い次第、この利一が参上いたしますので、その間、浅草や寛永寺などを巡ってみたらよろしいかと。もし、あっちがご所望でしたらいくらでも」と千代治は遊女か夜鷹が手拭を顔に巻き、その先を口で銜（くわ）えるような所作をした。

「とんでもない！」太郎衛は慌てた。


吉祥屋の丁稚の案内で太郎衛は本所の鶴屋に宿をとった。

「これは、これは、吉祥屋さんのご引き合いで。いつもありがとうございます」

鶴屋の若女将がそう言って太郎衛を迎えた。そんな客の扱いも太郎衛には嬉しかった。

通された部屋に落ち着くと、太郎衛は一通の手紙と江戸の切絵図を懐から出し、畳に置いた。女中が茶を運んできて、太郎衛に声を掛けた。

「あら、どちらかをお探しですか？」

この女中こそ時宗を裏切った憂こと小織だったのだ。


「小織だと！」

佐衛門が愕きの声を上げた。

「なぜ、小織が鶴屋にいるのだ？」

利一は狐の目のようにずるがしこく目を細めた。

「吉祥屋も鶴屋も、すべてあれをやるための棒組でさぁ」

「あれ、だと？　ご禁制の麻薬か？」

利一は首をすくめた。

「小織の話だと、太郎衛さんは誰かを訪ねようとしていた様子で」

「誰かを訪ねて……？」

小織は太郎衛の横に腰と胸を押しつけるように座った。

「傳通院に行かれるのですか？」

「いや、その近所だが」

「処号（ところごう）はどちらですか？」

小織はいよいよ馴れ馴れしく身体を押しつけてきた。太郎衛は一度腰をひくように位置を変えると「大丈夫です。自分で探せますから」と答えた。

小織は悪意のある目になった。

「そうですか。最近の江戸は物騒ですからお気をつけて下さいまし」

と残し引き揚げたという。

そして、翌日朝早く、野火坂太郎衛は振分行李（こうり）から米を買うのに必要な金子を胸元深くに忍ばせ、旅籠を出た。そんな太郎衛の後を追う小織の姿があった。

本所、御厩河岸之渡しから傳通院までは一里と十二町という距離である。安藤坂を登ると右手が水戸藩の御屋敷で、傳通院の表門が正面に見渡せた。そこから左手が雑多な民家が立ち並ぶ水道町である。

裏長屋に通じる木戸番の男に太郎衛が訊ねた。

「惣介さんの長屋ですか？」

番の男は怠惰そうに顎で頷いた。

「ここに、登貴という女が在しているはずだが？」

「登貴？」

番の男はその名を知らないらしい。

「いや、だいぶ前の手紙だが、事情（わけ）があって傳通院傍の惣介の長屋に引っ越したと書いてあった」

「後家かい？」

「まぁ、そうかもしれない」

「歳は？」

「三十の真ん中くらいだ」

番の男は丁度通りかかった長屋の住人の女に声を掛けた。

「よう、この長屋に登貴という後家はいるかい？」

「登貴だって？」

「おうよ、登貴だ」

「知らないねぇ」

そこに太郎衛が口をはさんだ。

「そうだな、大人しい感じの女だと思う」

「後家さんだったら、ほら、去年だったか、ずっと具合が悪くてさ、養生所に連れて行った……」

「養生所？」

「あの後家さんは誰とも口を利かなかったし、近所付き合いもなかったからねぇ。皆、名前も良く知らなかったくらいだよ。そう言えばそんな名前だったかも知れないね。あんた、その女の何なのさ？」

太郎衛は言葉に詰まった。

「そうだな……まぁ、わたしの娘だ」

「ああ、そうなのかい。それじゃ心配だろう」

「どんな病で養生所に？」

「忘れちまったね。あたしが連れて行ったわけでもないし」

長屋の陰でのそんなやり取りを見ていた小織は、太郎衛の心の中を覗いてみたくなった。時宗の修験者は読心の術にも秀でていたのだ。

――養生所だったらここからすぐだ。しかし、慌てる事はない。

小織は太郎衛の心をそう読んだ。

――会ったところで何を話すのだ。一緒に帰ろうとでも言うのか。私と登貴は親子かも知れないし、時宗の人たちから預かっただけの赤の他人かも知れない。それに卑しい歩き巫女が産んだ子とはいえ会えば情が出て、連れて帰りたくなる。それに……。

そこで太郎衛の心が混濁し、小織にはどうしても先が読めない。しばらくすると、再び、太郎衛の心が小織の脳裏に聞こえた。

――登貴には何かの秘密がある。ここで養生所に会いに行けば、登貴をつけ狙う輩に潜伏先を教えるようなものだ。登貴に迷惑が掛かるかもしれない。今日は一度宿に戻ろう。

小織は太郎衛が帰路についたのを確認すると、不気味に笑い、養生所に向かったというのだ。

小織がなぜ、養生所で登貴と接触しようとしていたのか？　利一のこの話が本当だとすれば、確かに、佐衛門がずっと疑問に思っていた事の裏付けとなる。次の疑問は、鶴屋に戻った太郎衛に何があったのかだ。

「それでは聞くが、鶴屋に戻った太郎衛殿はその後、いかがいたした？」

佐衛門に睨まれると誰でも怖じ気づくものだ。利一も首を引っ込め、顎をしゃくって中之条を指した。

「それなら、そこでドブネズミのように小さくなっている大宮司さんに聞けばいいんじゃないか？　その辺の事情はこいつの方が詳しいはずだぜ」

「どう言う意味だ？」

佐衛門は釈然としない。利一が続けた。

「大宮司さんは太郎衛さんに会ったんだろう？」

中之条は上目遣いで利一を見て、困った顔をした。

その時だった。唐突に中之条は棘を帯びた眼線で佐衛門を睨みつけた。

——この眼光は？

剣を扱う者の瞳から発せられる光だ。

そう、剣術に秀でた侍の目だ。それも凡庸な腕ではない！

佐衛門は剣豪に対峙する時の息遣いで、中之条に詰問した。

「お前は太郎衛に会ったのか？」

中之条は禿げた頭を掻いた。

「しょうがねぇなぁ。利一さん、みんな喋っちゃうんだから。ええ、会いましたよ。あたしを大宮司に仕立てたお侍の遣いってのが来て、様子を探ってくれって頼まれ……」

太郎衛は神官姿の中之条の突然の訪問に思わず狼狽えたが、すぐに、吉祥屋の中庭に鎮座していた祠を思い出した。あの祠は熊野の社造りで紙垂の飾り方も那智か速玉のしきたりで明らかに熊野権現を祀ってあった。

「私は熊野権現聖正教の大宮司、中之条と申します」

「吉祥屋の中庭の御社の宮司殿ですか？」

中之条は、

「ええ、あなたがその昔、養女としていた女児が熊野権現の守護を受けていたと聞き、一度お目に掛かりたいと思いましてなぁ」

「そうですか。ただ、その女児はもう二十年も前に嫁に出しまして、それ以来音沙汰もなく」

「そうらしいですなぁ」

中之条は持っていた行李を開けると、

「私共も熊野権現様の流れを汲む宗派でしてな」

中之条は、畳半畳はあるかと思われる大きな絵図を太郎衛の前に拡げた。

「これは？」

「熊野観心十界図と申しまして、熊野の極楽地獄図です」

「極楽地獄図……」

太郎衛の前に拡げられた絵図には、上半分に陽の昇る半円弧の象形に人が生まれて死に朽ちてゆく様子が描かれていた。

下半分には鮮やかな朱色の血の川に浮かぶ地獄、餓鬼、畜生、阿修羅、人、天、声聞、縁覚、菩薩、そして仏の「十界」が描かれていた。

「見事なものですね」

太郎衛が感嘆の声をあげると、中之条は満足げに答えた。

「この絵図を使って熊野比丘尼は諸国を行脚しながら、文字の読めない民衆たちに浄土の世界を絵説きして廻ったのです」

中之条はもう一度行李に手をやった。熊野観心十界図より半分ほど小ぶりの絵図を出して、太郎衛の目の前に拡げてみせた。

「これは、熊野本宮参詣曼陀羅図です。熊野本宮社とそこに辿り着く様々な辺路が描かれています」

「これも鮮やかな色彩だ」

太郎衛はその絵図に見入った。

「熊野比丘尼は人が生まれ死に、朽ちてゆく過程から私たちが存在する世界、つまり十界から、その先に浄土があることを説いたのですね。浄土はすなわち阿弥陀様の懐。つまり、熊野本宮社のことです」

中之条はそう言って熊野本宮参詣曼陀羅図を示した。

「野火坂殿がそのような熊野権現の庇護をうけた女児を預かり、育てられた事は本当に素晴らしい」

中之条は優しい笑顔を作り、コホンと空咳をすると、唐突に言った。

「煙管でもやりましょうか？」

中之条は行李から携帯用の煙管盆を出し、火打ち石で炭の種木粉に火を付けた。ボッと淡い煙が立って、炭がチチ、という音を立てた。

太郎衛は酒もまったく嗜まないし、もちろん遊女と戯れる事もない。賭け事はなおさら嫌いであった。唯一の嗜みが煙管であった。目が覚めて一服、食後、そして寝る前にゆっくりと煙管をふかすのが一日の楽しみであった。

太郎衛は自分の行李から愛用の煙管を出そうとすると、中之条が

「ここは江戸です。江戸前の煙管を使って頂くのが私共の礼儀、ささ、どうぞ」

と、鮮やかな青銅色の煙管を差し出した。

太郎衛は嬉しくなって中之条が差し出した煙管を横にしたり逆さにしたりしてその感触を味わった。

「やはり、江戸の煙管は上等なものですね。吸い口から羅宇の出来が違います」

「刻みは特別なものを用意しました。和蘭（おらんだ）の葉です」

「和蘭？」

「ええ、欧羅巴の」

太郎衛は中之条の言っている意味が皆目理解ができなかった。駿府か紀州辺りにある地名かと思い気にも留めなかった。

中之条は煙管の雁首を左手で締めるように持つと、刻み煙草の葉を右手の親指と人差し指でこねるように丸め、火皿の奥に押し込んだ。

「どうぞ」

「かたじけない」

太郎衛は煙管盆の赤く燃えた炭に火付け楊枝の先を持って行き、ファと火が移ると器用に煙管火皿に火を掛け、思いっきり息を吸った。ねっとりとした刻み葉に真っ赤な火が宿ると、煙が煙管の筒を勢いよく移動した。この感触が太郎衛は好きであった。紫煙は重く、苦みが強い。

「なかなか、小原宿辺りの田舎では味わえない、勢いのある葉ですな」

太郎衛はそう言うと、急に心拍が増したのに気がついた。いつも吸う刻み葉ではこんな事はなかった。

「いかがですかな？」

太郎衛は中之条の声が遠ざかるのが分かった。

「どうぞ、存分とおやりください」

太郎衛はそんな中之条の声を朦朧と聞いていたような気がした。太郎衛はもう一服、今度は十分に葉煙を肺に留めてみた。心拍はさらに増え、激しい動悸で身体を上下に揺さ振られるようであった。そして、太郎衛の意識は遠のき、夢遊の世界に落ちて行った。

中之条は太郎衛の背後に回って「登貴の背中にはどんな象形が彫ってあった？」と耳元で囁いた。

太郎衛はそれが夜叉の呟きのように聞こえた。

「登貴の象形？」

「そうだ、あなたの邸の女中が登貴の背中に彫りものがあったと言っていた。ただ、その女中はその形を良く覚えていないそうだ。あなたがその象形を書き移したと女中が申していた。書き移したくらいだから、その象形を良く覚えておるだろう?」

中之条は熊野観心十界図を太郎衛に示した。

「この十界の上に梵字が描かれている。登貴の背に彫られていた象形がこの中にあるはずだ。覚えておいでか?」

太郎衛は言われるままにその梵字を一つ一つ探った。すると、十界図の半円弧の下辺りの地蔵菩薩の絵柄で太郎衛の目が止まった。

中之条が「これか?」と訊ねた。太郎衛は二度、三度首を傾げ「恐らく」と答えた。その梵字は𑖎という象形で地蔵菩薩を意味していた。

中之条は「これで読めた」とほくそ笑んだ。

——あとは地蔵菩薩が熊野本宮参詣曼陀羅図とどう繋がるかだ。

中之条は朦朧と佇む太郎衛を賊心のある目で見つめた。

## 十八

佐衛門は太郎衛が殺された日の晩の輪郭が薄っすらと見えてきた。この不可解な事件の経絡を辿ると、登貴の背中に彫られた象形が叢をなし、そこから様々な人々が蠢いている様子が窺えた。

――問題は、一連の殺人に使われた鳥兜の毒だ。その毒をどこから手に入れたのか？

当然、利一が一番怪しい。

しかし、利一は、麻薬は扱うようだが、毒についての確証はまだ無い。

佐衛門はこう切り出した。

「死んだトキの背には時宗を表す彫り物が無かった」

利一は佐衛門のこの一言がよほど意外だったのか、幾度も瞬きをした。

「小織が求めていたのはトキの背中の彫り物だ。しかし、そこには何も彫られていなかった。ところがだ、こんだ、トキが小織の背中を見てしまった」

「小織の袂から油紙に包まれた小さな丸薬のようなものが転げ落ちた」

小織がそれを拾おうと腰を落とすと、小袖の背中が広く開いた。小織の背中に彫られた、

[illegible]という象形が鮮やかに浮かんでいたのだった。

「トキはそれをはっきり見た。良いか、小織はその後、どういう行動をとったか？」

利一はまたふてった。

「そんなこと、なんでおいらに聞くんだよ！」

佐衛門は「ふふ」と含み笑いをした。

小織は油紙に包まれた丸薬をトキに差し出した。

「これは、清さんが龍庵先生から頂いた元気薬で、良く効くから私も二粒ほど分けて頂いたの。これを一つ差し上げる」

龍庵先生という一言にトキの油断があった。

「きっとこれで元気になるわよ。今晩、寝る前に一口、そう、人参を齧る要領で食べるの。あまりおくと薬効が衰えると言うから、必ず今晩には食べてね」


佐衛門は肩を利一の方へ寄せた。

「どうだい、元気薬と言うのはトキが殺された毒薬だ。同じ毒で小織も死んだ。そして、太郎衛殿もな。こんなもの、扱えるのはお前くらいしかいないんじゃないか？」

利一は居直ったように唇を真一文字に結ぶと「しらねぇなぁ。だったらその毒薬をここに持ってきて、おいらのものだと明かしてくんなよ」とシラを切った。


丁度その頃、龍庵は吉祥屋で麻薬に耽溺した男女が収容されている北の病室にいた。粗末な帷子の帯は乱れ、顔中の筋肉が弛緩し、唾液が口角から滴り落ちていた。女たちは明らかに遊郭か湯屋で春を売っているような品性で、男はそこに巣くう下男だろう。いずれも強い耽溺が見て取れた。

耽溺が続くと脳髄を犯し、幻影に恐怖し、行燈に話しかけ、嬌声を発するようになる。身体は震顫し呼吸が乱れ、さらに進行すると、起き上がることもできずに横になったまま麻薬を吸うようになる。そして、ここにいる男女のように廃人となって、朽ちるように死を迎えるのであった。

龍庵がまだ見習いの医師だったころ、そんな患者に遭遇したことがあった。

横浜の中国人が住む街の麻薬窟から救われた若い娼婦の身体は干からび、異様な臭いを発していた。

その臭いの原因は「黴（かび）」であった。口腔、膣、あらゆるところに黴が繁茂し、それが塊となって異常な臭気となっていたのだ。

外来の黴蟲の侵入を防ぐ力を「免疫」と言った。病気の本体を「邪気」と呼ぶ。邪気、すなわち「疫病」から身体を守るのが「免疫」である。

長い麻薬の耽溺はこの免疫機能を著しく減退させる。だから、普通は伝染しないどこにでもいる黴蟲たちを払いのけられなくなり、身体中に黴が生え、それは気道から肺に達し、息ができなくなり死ぬ。その若い女は、すでに廃人状態であった。なす術もなく、日々縮んでゆく女の身体を見ながら龍庵は震えるような恐怖を感じた。

ある日の朝、その女は蚕か蓑虫のように手足で胴体を包むような格好で死んでいた。肌は真っ黒だった。いま、ここにいる男女もいずれそうなるのか、と考えるだけで龍庵は憂鬱になった。

龍庵はトキのことを想った。身寄りもなく、まるで苦しむために生まれてきたような、そんな生き様だった。ただ、トキが亡くなる寸前に仄かな幸せな表情を龍庵に向けていた。

――何かに幸せを感じていたのだろうか？

龍庵はそう考えると胸があつくなった。

その時、龍庵はふっと鳥兜の薬効が頭をよぎった。目の前に横たう廃人たちの様子を見て、麻薬から毒薬を連想したのかも知れなかった。理由も分からないまま、龍庵は目的地の見えない荒野を彷徨うような寂寥感を覚えた。

——私はただの養生所の医者で、剣術もできなければ、人を殴ったことさえもない。そんな私がかような危うい罪咎の吟味に加わるなどとんでもないことだ。

龍庵はそんな弱音を払拭するように首を振った。

鳥兜……。

——この暗渠に潜む毒を操るのは間違いなく利一だ。しかし、その証左となる実物(みもの)が見つかっていない。

どのくらいの時が経過したのだろうか。龍庵は目を閉じたまま、動こうとはしなかった。そして、かっと目を開き、跳ねるように腰を上げると、

「一刻も早く証拠を見つけ与力殿の役に立ちたい！」

龍庵はそう呟くと、その足で吉祥屋に向かった。

日が沈むまでにはまだ時間があるが、夏の夕方の滑った風が白山の武家屋敷を吹き抜けた。辺りは人通りもなく閑散としていた。前を見据えたまま、土を蹴るようにして歩く龍庵の姿は、果敢で攻撃的だった。

吉祥屋のいつも職人や手代たちが出入りする勝手木戸がわずかに開いていた。龍庵はその隙間に手をやると中がざわつくのが分かった。

「誰だ？」

奉行所から応援に来ていた同心が龍庵をにらんだが、すぐに目線を緩めた。

「ああ、養生所の……」

「立雪龍庵です。お勤め、ご苦労です」

同心は親しげに龍庵に近づいた。

「なにか、ここに御用でも？」

龍庵は厳しい表情を崩さないまま、

「熊野権現聖正教が使っていた小屋を改めたいのだが、かないますか？」

「ええ、もちろんです。立雪殿は長谷口殿預かりの歴とした掛かりですから、遠慮なく」

熊野権現聖正教が使っていた小屋が身を隠すように佇んでいた。この建物に齋が幽閉され、そして、麻薬に耽溺し廃人となった男女が潜んでいたのだ。建物の前では、岡っ引き二人が証拠を保全するため警棒を携え立っていた。

室内には饐えた汚臭が充満していた。そこには麻薬を吸うための煙管や火盆、蝿がたかった米櫃、汚物樽が散乱していた。齋が幽閉されていた座敷牢へ通じる隠し戸も開けられままになっていた。

龍庵が探しているのは鳥兜の根茎、あるいは丸薬で、それを利一が扱っていたという証拠だ。

同心が龍庵の肩越しに、

「この小屋は隅から隅まで徹底的に調べましたが、何も見つかりませんでした」と言った。

龍庵が外に出ると、夕日が熊野権現聖正教の祠を照らしていた。大社造りの祠の庇に組まれた架構の妻飾に細工された銀の金具が、夕日に眩しく反射した。光が乱反射し、白砂の箒跡がくっきりと浮かび上がった。それは、まるで風に煽られた池の小波(さざなみ)の上に、祠が漂うように龍庵には映った。その時、龍庵は一瞬息を呑んだ。妻入りの社殿扉に、銅製の南京錠が夕日に照らされ神々しいまでに輝いていたのである。

——社殿扉になぜ錠が？

社殿扉は神様を祭る空間で物置ではない。どんな社殿でもまず錠を掛ける事はない。そう思った龍庵は熊野権現聖正教の関係者を探した。

じきに筆頭番頭の千代治が慇懃な笑みを浮かべて出てきた。

「この扉の鍵を持っている者を御存知かな？」

龍庵がそう訊ねると、千代治は大きく首を振った。

「私共はこの御社には一切関わりがありませんもので。いわんや鍵のことなど」

この番頭の慇懃臭さに龍庵の腹立たしさがいよいよ激しくなった。

「番頭！　利一はいつもどこに控えている？」

龍庵の剣幕に、千代治は一歩引き下がった。

「へえ、見世の奥で」

千代治は重い足を引きずるように見世の作業行李が並ぶ一角に龍庵を案内した。

薄い座布団を敷いただけの板間に利一の行李が置いてあった。

「利一さんは常詰ではありませんから、荷はこんなものです」

行李を開くと備忘録や矢立て、紙算盤などが無造作に入っていた。旅の多い利一らしい道具ばかりであった。龍庵は探るように行李の奥に手をやると革の煙管入れに触れた。旅に使う携帯できるものだ。ちょっと重みを感じるのは煙管が入っているからだろう。硬い、金具のようなものが指に触れた。鉄か銅の感触だった。真鍮のあの軽さとは明らかに違った。それに雁首の火皿の造作がない。

——おかしいな？

龍庵は煙管入の革を引きちぎるように開いた。中からは、使い込んだ銅製の鍵が出て来たのだ。

その大きさ、形からみて、かなり頑丈な錠前の鍵……。

龍庵は、中庭に飛び出て、祠の前に立った。

「私共は関係がありませんからね。みんな利一さんが勝手に」

遠くから千代治が叫んだ。

龍庵は鍵を社殿扉の南京錠の口に合わせ、すっと差し込んだ。それは見事に合致した。龍庵は眼を閉じ錠前を左手で押さえながら鍵を思いっきり回した。

「カチ」と掛け金が外れる音が龍庵の手に伝わった。

龍庵は息を止めて扉を開いた。

中は真っ暗で、板を敷いただけの内部には御霊代である掌ほどの鏡が置いてあるだけだった。鏡は板間の中央に茶色の麻布の上に立てかけてあった。龍庵は鏡の支え板を外し、丁寧に鏡をよけた。次に布を払う。その下から板間を切り抜いたような覆い蓋が出てきたのだ。

蓋の端には爪が入るほどのわずかな隙間が二か所あって、龍庵はそこに指をかけて上へ引いた。

白い布包みが出て来た。

龍庵は深く呼吸して、高鳴る鼓動を鎮めた。

一つ一つを和紙で包んだ大量の丸薬がでてきた。龍庵にとって記憶にある香りが弾けた。

鳥兜の丸薬だった！

養生所に駆けるように舞い戻った龍庵は鳥兜の丸薬を包んだ白の風呂敷を佐衛門に渡した。

佐衛門は怪訝な顔でそれを受け取ると「これは？」と龍庵に訊ねた。

「開けたらよろしい」

佐衛門は龍庵から目線を外さずに結び目を解いた。少し変色した和紙が数個、風呂敷の底で蹲っていた。

佐衛門はその一つを指先で触れると「まさか……」と言った。

「そう、そのまさかですよ」

「鳥兜の丸薬か？　ど、どこで見つけた？」

「吉祥屋の見世、利一の旅行李の中に鍵が入っていた。その鍵は熊野権現聖正教の社殿の南京錠のもの」

「そこにあったのか？」

佐衛門の驚愕の目に応えるように龍庵は大きく頷いた。佐衛門の目が突然、潤んだ。

「立雪さん……」

佐衛門の声が詰まった。そして龍庵の手を握ると「助かる」と呟いた。

「行き詰まっておったのだ。初めてのかような連続殺人の主任を仰せつかっても何一つ先に進めぬ自分が情けなかった。しかし、これで目の前の扉が開いた。ありがたい。立雪さん礼を言います」

感涙する佐衛門を龍庵は初めて見た。この頑丈な男も繊細な心を持った一人の人間なのだと思うと、龍庵の眼にも涙が湧き出た。

龍庵が持って帰った鳥兜の丸薬を目の前に突き付けられた利一は、痛そうに目をパチクリした。

「どこでそれを？」

利一の声が嗄れ、震え声になった。

「吉祥屋の祠だ。南京錠が掛かっていた。お社に南京錠、不自然ではないか？」

龍庵がそう答えた。

「しかし、あの祠はあたしら手代には触る事も出来ない神聖な……」

龍庵は南京錠の鍵を利一の目の前にかざした。

「この鍵はな、見世のお前の行李から見つかったんだよ」

利一は眉間に皺を寄せて唇を噛んだ。

佐衛門が吼えた。

「利一！　これでお前がトキを、そして太郎衛殿を毒殺した証拠が揃った！　もう、申しひらきは出来ないぞ！」

利一の首がカタカタと震えはじめ、佐衛門に向かって祈るように手を合わせた。

「ま、待ってくれ。本当に俺は殺していないんだ！　確かに毒物は作ったが、殺ってねぇんだよ！」

佐衛門の怒気鋭い目が利一を刺した。

利一は空咳をして、干からびた声で答えた。

「全部、小織が仕掛けたんだよ。毒を使ったのはあいつだ。あいつが鶴屋で太郎衛さんを訪ねたのは確か……」


小織は本所の旅籠、鶴屋に戻ると、女中着に着替え、太郎衛が宿泊する鶴の間に向かった。太郎衛は用意された夕食にはほとんど手を付けずに朦朧とした表情で座っていた。

「御機嫌はいかがですか？」

小織の呼びかけに太郎衛は薄く笑い返した。

「どうにも、優れません」

「どうされました？」

「わかりません。記憶が遠いのです。神官のような方が訪ねて来て、それから煙管をやって……」

小織は尻の位置を変えて、声に艶を加えた。

「ところで、傳通院はいかがでしたか？」

「傳通院……」

太郎衛は記憶を辿るように「ああ」と答えた。

「結局会えなかった」

「え？　どなたに、ですか？」

「女中さんに話してもしようがない事だが、実は私の娘を探しに傳通院に行ったのです」

「お嬢様ですか？」

「ええ、ただ、娘はもう、いませんでした。病を得て養生所に入っているらしい」

小織は腰を太郎衛に近づけて「それで？」と訊ねた。

「さて、養生所まで行って会うべきかどうか思案しているところなのだが……」

「実は、わたし、たった今、養生所から戻ったところなのです」

「養生所から？」

「ええ、知り合いが養生所に入っていまして、時々お見舞いに。たまたま、今日、仏様が出たのでお手伝いに」

「仏様？」

「病人が亡くなりまして」

「……そうですか」

「まだ、お若い、そうですね、三十の半ばくらいで、御主人を流行(はやり)の病で亡くした後家の方ですけど、お気の毒です。この近くに先祖の墓があるので遺髪を供養してくれと預かってきました」

「三十半ばの後家さん！」

「ええ、そうです。やせた面長の綺麗な方でした」

太郎衛は眼を剥き、怒鳴るように訊ねた。

「名は、名はなんと言う！」

「た、たしか、トキ、とか」

太郎衛の肩がカクンと音を立てて崩れた。

「もしかして、お嬢様の名前も？」

太郎衛は、そのまま天井を見上げた。

「それでは、この遺髪は、お嬢様の……」

太郎衛は膝を擦るようにして小織の所に寄ると、和紙に包まれたトキの遺髪を奪い取り、抱きかかえた。

「悲しい偶然ですね。もし、あなた様が今朝、養生所にお嬢様を訪ねていれば、臨終に立ち会えたかも知れないのに……。でも、今からでも養生所に行かれて、ご遺体と会い、最後のお別れをされたら如何でしょう？」

太郎衛は消えるような声で「そうですね」と答えた。

小織は「本当にお気の毒で」と言ってすすり泣くふりをした。


「おかしいな……」

佐衛門は首を傾げ、そう呟いた。

トキの訃報をきいた太郎衛はすぐにでも養生所を訪ねて遺体と対面するはずだ。そして、遺体の背中を探り、彫り物がないことに気がつけばこの遺体が登貴ではない事を知る。そうすれば、太郎衛は必ず本物の登貴を探す事だろう。

——しかし、太郎衛は養生所には行っていない。なぜだろう？

佐衛門は腕を組んだ。

その時、改め部屋に見張りの同心が入ってきた。

「清二という病人が話したいことがあると」

「清二が？」

廊下に出た佐衛門は、膝を折って畏る清二の肩を叩いた。

「おう、どうした？」

清二は畏まったまま顔を上げた。

「一つだけ、いい忘れた事が」

「言い忘れただと？」

清二は亀のように首を伸ばして頷いた。

「いや、小織からかたく口止めされていやしたもんですから」

「話してみろ！」

清二の話はこうだった。

トキに鳥兜の根茎を渡した小織は、躊躇うように清二をもう一度訪ねたという。

「セイさん！」

「おお、なんだまだ居たのか？」

小織は病室の陰に清二を誘うと、声を潜めた。

「あたしね、この機会だから、本気で身体を治して、出直そうと思っているんだ」

「お前、どっか悪かったのか？」

小織は頬を赤めた。

「心配してくれるのかい？」

「当たり前じゃないか。お前が元気じゃなくちゃ、安心して鑿も打てない」

小織は珍しく声を詰まらせ「嬉しいねぇ」と呟いた。

そして、小織は清二を正面から睨むと「いいかい？」ときつい声遣いになった。

「あたしはこれから本所の鶴屋という旅籠に行って、トキさんの父親に会いに行ってくる。訳は聞かないでおくれ」

「わ、分かった」

清二は思わず生唾を飲みこむと、喉仏が上下に揺れた。

「ある方からトキさんの素性を探るように言われた。背中に刺青があればその方が探している本物さ」

「ないと？」

小織は右手に握っていたトキの髪を清二に見せた。

「なんだい？」

「だから、鶴屋に行ってトキさんの父親に会ってくるのさ。実はトキさんには刺青はなかったのさ」

「じゃ、本物じゃない？」

「そうさ、だから、本物は必ず養生所にいる。トキさんが死んだ事にして、父親に信じ込ませるために、この遺髪が小道具として必要なんさ。そうすれば、父親は必ず遺骸に会いにくる。トキさんが自分の娘でないと知ると、養生所中を探すだろう。そうすれば、おのずから本物が見つかるというわけさ」


佐衛門が目を剥いた。

「小織がそう、言ったのか？」

清二は涙目になり、土間に額を擦り付けるように土下座した。

「申し訳ありません！　こんな大事な事を黙っていて。とにかく、あたしゃ、小織に惚れていて、なんとかあいつを助けたかった一途で……」

その時、龍庵が唸った。

「やはり、おかしいな……」

佐衛門が応えた。

「何がです？」

「そう……、それでは何故、太郎衛殿は養生所を訪ねて来なかったのだろう？」

「確かにそうだな」

佐衛門が頷く。

「私の勝手な想像ですが」

龍庵はそう断って、

「恐らく、中之条たちはもう一度太郎衛殿を薬で攻めて、時衆の秘密を聞き出そうとするはずだ。ですから、小織と会った直後に中之条たちが来たか、あるいは……」

「どうしました？」

龍庵の目が鋭くなった。

「もしかしたら、本者の登貴が太郎衛殿を訪ねた？」

「本者の登貴が？」


龍庵にはもう一つの疑問があった。

それは、小織が何故、鳥兜の根茎を齧ったのかだった。今までの経緯から、小織には自害する動機がない。考えられる事は小織が誤って毒を齧ってしまったという事だ。確かに毒を抜いた鳥兜は心臓の興奮を穏やかにした。

龍庵ははっと息を飲んだ。そうだ、小織の身体には罌粟による耽溺の兆候があった。麻薬の耽溺は心臓を傷める。それを利一は知っていて、トキと太郎衛を殺害するための鳥兜の根茎は和紙に包み、そして毒を抜いたものを油紙に包んで、小織に渡した。そして、佐衛門に捕縛された時、心臓の発作が起きた時のために膣に毒を抜いた鳥兜を潜ませた。

「しかし、小織は鳥兜の毒で死んだ……」

——考えられる事はただ一つだ。利一が小織に渡した鳥兜は毒を抜いていなかった。

佐衛門たちが小原宿に改めに行った事は利一の知るところとなった。遠からず吉祥屋にも吟味が入るだろう。そうなると、小織にも探索の手が及ぶ。小織は吉祥屋の裏を知っている。白状でもされたら厄介だと読んだ利一は小織が心臓を病んでいることを逆手に取って鳥兜が妙薬だと偽って渡した。しかし、これは本物の毒で、結局、小織はそれを嚥って果てた。

利一はふてったように口を尖らせると「ああ、その通りだよ」と言った。佐衛門が吠えた。

「どういう事だ？」

「そこにいる医者様のいう通りさ。おいらは小織に心臓の妙薬だと偽って毒を渡した。あいつは色々なことを知っていたからなぁ」

利一はそう言って「チェッ」と舌を叩いた。

小織は佐衛門の執拗な取り調べに疲れ果てていた。それに長い間、南蛮渡来の秘薬を吸っていなかったので、ひどい禁断症状が出ていた。そんな時、また、心の臓腑に痛みが走った。今度はいつもより動悸が激しく、まるで岩に荒波が叩きつけるように波を打っていた。

小織は佐衛門に行水を所望した。行水小屋で膝を折り、小水をするような格好になって、自分の秘部を弄った。膣に挿入した指の先に油紙の感触を確認するとそれを摘むようにして取り出した。利一からもらった心の臓腑に良く効くと言う鳥兜の毒を抜いた丸薬のはずだった。ただ、強い薬だから、苦みで声が出てしまうかもしれない。そう考えた小織は猿轡（さるぐつわ）のように手拭いを口に捲いて、その隙間から丸薬を嚥った。嚥った瞬間であった。まず、舌がしびれ、激しく嘔吐した。小織は慌てて手拭いを喉に入れた。その時、喉が急に封鎖され、息ができなくなった。心の臓腑が高鳴り、血の道が逆流するように皮膚が逆立ったのだ。小織は苦しさの余り、手拭いを剥ぎ取ろうとした。しかし、もうその時は意識が遠のき、膝を折ったまま、体躯が崩れたのだった。

## 十九

佐衛門の執拗な尋問に中之条は首を垂れたまま返事をしなかった。

「時宗の秘密を聞きだしたお前はもう太郎衛殿には用はないし、秘薬を吸わせた事を他言さ(たごん)れるのを恐れて毒で殺した、そういうことだな？」

中之条は顔をあげて精一杯悲しい顔をして見せた。

佐衛門にはそんな中之条のわざとらしい表情が滑稽に映った。

「私は……、その小原宿の封人さんなど殺していません。本当です。嘘は得意ですが、人殺しは致しません」

「そうか。しかし、お前が太郎衛殿を訪ねた晩に何者かに殺されている。ならば誰が殺したと言うのだ！　お前しか考えられないだろう？」

佐衛門は強い口調で詰問した。

中之条は何度も首を振った。

「俺らはむしろ、太郎衛さんが死んで困ってたんだよ」

「なに？」

中之条は涙目になって、

「だって、そうじゃないですか。俺はただ、利一さんの言われたとおりに太郎衛さんに麻薬を吸わせ、十界図にある梵字が地蔵菩薩である事までは突きとめたけど、それが熊野本宮参詣曼陀羅図とどう繋がるかがまだ分からない。それを教えてもらうまで殺すわけにはゆかないのさ」

――なるほど、中之条の言い分にも理がある。たしかに、登貴の背に彫られた梵字から地蔵菩薩に何かの秘匿があることが分かっても、それが何を意味するかまでは分からない。

佐衛門は頭を冷やしに外に出た。養生所の病人たちや中間までが興味津津の様子で改め所の周りにたむろしていた。

「もう夜も遅い。身体に悪いからそれぞれの病人部屋に戻りなさい。もう、心配はない」

佐衛門がそう叫ぶと、病人たちは彷徨う亡霊のような足取りで部屋に戻って行った。

そんな佐衛門の様子を見ていた龍庵がぼそりと言った。

「本当に悪い奴は誰なんでしょうね？」

「え？」

佐衛門が訝しげに龍庵を見た。

「いや、中之条だって、利一だって、誰かに操られてこんな事をしているんでしょ？　死んだ小織だって気の毒だ。もっと言えば、トキだって、太郎衛さんだって、なんで死ななくてはいけなかったのか。実はみんな将棋の駒のように役目を終えればさっさと始末される。でも……」

「本当の悪はどこかでのうのうとしている……。そういいたいのですか?」

淡い穏やかな時間が過ぎたような気がした。育ちも立場も、性格も全く違う佐衛門と龍庵だが、この騒動で少しだけ気持ちが分かり合えたそんな時間だった。


齋は目覚めていて、じっと正面を見据えていた。

「お加減はどうですか?」龍庵が優しく質ねた。

「ええ、夢の中に憂さんが何度も出てきて辛うございました」

齋は汗をぬぐった。

「今夜も蒸しますしね」

隣にいた仁平が心遣いをみせた。

「行水をさせて頂いても宜しいでしょうか? 長い間、押し込められていたので掻痒が酷くて」

齋は嘆願するような目で龍庵を見た。

龍庵はまた、小織の事を思い出した。小織も行水を求め、わずかな隙に鳥兜の根茎を齧って果てたのだ。

「行水は構いませんが、あなたは大切なお方。何かあったら大事(おおごと)です。行水場の外で待機させて頂くが、よろしいかな?」

龍庵の言葉に、齋は頬をすこし赤らめた。

行水場の木戸を少し開いたままにして、龍庵と仁平が外で控えていた。齋は老婆とはいえ女である。帷子を肩から脱けるとちらっと龍庵たちを覗き見して恥ずかしそうに俯いた。

その時、薬煎所から出てきた久紗が龍庵たちに気が付き、慌てて覆い布で口を覆った。

久紗は肺の臓腑を病んでいて、覆い布を人前で決して外すことはなかった。だから、龍庵は久紗の素顔をじっくり見たことがない。いつも、潤んだ瞳の奥に婀々とした艶を湛えた眼と、覆い布に浮いて見える筋の流れが美しい鼻、そして無口だが澄んだ声だけで久紗の人となりを想像していたのであった。

久紗が就眠する賄い婦たちの大部屋は北部屋の近くにあったので、そこに戻るには行水井戸の前を通らなければならなかった。久紗が頭を低くし、龍庵たちの前を畏まりながら通り過ぎようとした。その時だった。久紗は立ち止まり、行水小屋の齋を見た。

「……！」

久紗の呼気が逆流するのが聞こえた。

「どうした？」

龍庵が訊ねる。

久紗は覆い布の上から口を押さえ、激しく肩を震わせた。

行水を終えた齋が帷子を羽織ると、外に控えていた龍庵たちに向かって深く頭を下げた。そして、呆然と立ちすくむ久紗を見て「え？」と声をあげた。

「お前は……？」

久紗は頷き、覆い布を外した。

「登貴！　お前は登貴なのかい？」

# 二十

龍庵は久紗に慮るように訊ねた。

「お前が齋さんの娘、登貴。それでは先日亡くなったトキとはどういう関係なのか教えて欲しい」

「トキさん……」

久紗は目線を落とし、頬を辛そうに強張らせた。

「そうだ。そう、脾胃を病んで、お前と同じくらいの歳の後家だった。ただ……」

「不審死をとげた……」

「そうだ、鳥兜の根茎を齧って果てた」

久紗こと登貴は大きくゆっくりと頷いた。その姿は何かを訴えるような……。

――そう、トキの所作と良く似ている。

「トキさんは私を助けるために死んだ……」

「お前を助けるためだと！」

久紗は龍庵の強い視線から逃れるように俯いた。そして、嫋々とした声で返した。

「トキさんの本当の名はチエ。時宗から送られてきた私の身代わり……」

薬膳所の久紗と病人のトキは、ある悲しい運命に導かれた煩瑣(はんさ)な係わり合いにあった。それはあたかも影と影が重なり合ったような沈鬱の晦冥さがあったのだ。

登貴が十八の歳、相模国、吉野の出身で、江戸の佃にある海苔を扱う店の番頭の嫁に入った。子宝には恵まれなかったものの、それから十数年幸せに暮らしていた。ところが数年前、登貴を追う一派が在所を嗅ぎつけ、家族に危険が及ぶ事を恐れ誰にも告げずに家を出たという。

名前を久紗と変え、本郷根津辺りの長屋を転々としていた。一方、チエは、時宗を率いる琵琶法師、玄清の血を引く信者の一人で、在野の時衆であった。小織の裏切りで、全国に散った時衆の民たちが迫害を受ける中、登貴の身も危なくなったことを悟った玄清は、チエに登貴の身代わりになるよう命じたのだった。

チエは玄清の命に従い登貴の住む長屋を訪ねた。

登貴は長い間の逃亡生活に加え、貧困からくる滋養の闕乏（けつぼう）から、疲れ切った顔をしていた。それに絶えず激しい咳をしていたという。

流行の労咳かもしれないと心配したチエは登貴を養生所に入れることにした。

チエはトキを名乗って傳通院前水道町の惣介の長屋に身を置くと、早速、登貴に頼まれた手紙を太郎衛に送ったのだ。

「事情があって、傳通院前水道町の惣介の長屋に身を潜めています」

登貴はどうしても太郎衛に自分が生きている事を知らせたかったのだ。もし、太郎衛がこの在所を訪ねてくれれば、チエが登貴の居場所を教えることができる。

ところが、太郎衛からは返事がこない。しかし、チエはいつまでもこの長屋にいるわけにはゆかない理由があった。

チエは登貴の命を守るという玄清の厳命を守らなくてはならない。登貴が養生所に入ってしまえば、それが出来ない。チエは悩んだ。

——どうすれば、傍で登貴を守る事が出来るのだろうか?

考えあぐねていたチエは自分も病人になって養生所に入ればよい、と思いついたのだった。しかし、病人が健康になることは難しいが、常人が病人になる事はもっと難しい。怪我をするのも一手だが、そう長居は出来まい。できれば長期に入所できる病がよい。チエは女子が使う白粉に注目した。白粉に鉛毒が含まれている、という噂は昔から絶える事がなかった。赤子が母親の白粉を舐めて中毒症状を起こした、という話も少なくなかった。それに鉛は脾胃を痛めた。

チエは意を決した。

まず、白粉を水で何度も濾すと、粘性の強い液状になってくる。白粉から抽出した液状の物質は水銀を含んだ鉛の成分で、それを熱して胃に流せば、胃壁はあっというまに破ける。チエはそれを試してみた。最初の一口でのたうちまわるような痛みが走り、それからというもの食欲がひどく減退した。それから数日後、もう一度呑みこんだ。今度は最初の一口とは比較にならないほど痛みもがき、激しい嘔吐が続いた。そんな様子に驚いた長屋の住民たちが、身寄りのないチエを養生所に担ぎ込んだのだった。

しかし、この荒療法は思いのほかチエの身体を蝕んでしまっていた。登貴の身辺を守るどころか自らの命さえ危険に曝されてしまったのだった。

登貴はそんなチヱの健気なまでの一途さに自分に課せられた運命を恨んだ。母、齋が被った業因さえなければ、時衆の民たちがそれを救おうとしなければ、この平凡な人生を送ってきたチヱをここまで苦しめる事は無かった。

ここ数日、チヱは見違えるほど元気になっていた。登貴はチヱの龍庵への仄かな思慕が見て取れ、それも達者になってきた因だろうと思った。しかし、チヱが時々見せる鎮むような寂寥とした目は、何かを覚悟した時に現れるものだ。登貴はそれが恐ろしかった。

そして、その日が来た。

チヱはこう登貴に語りかけた。

「ついに来ました。あなた様を狙う連中が!」

チヱは怖じけた口調でそう言った。登貴は逆に気丈な目を作って言った。

「あの小織と言う女は清二さんを使って、いろいろ養生所の諜報を仕入れていた。もう、あの連中は私たちに気が付いていているはずだわ。いずれにせよ、私たちも直(じき)に追いつめられる。養生所も安全ではなくなった」

登貴のその言葉にチヱは思わず目を閉じた。心の中で、阿弥陀念仏を唱えながら、

――私はこのまま登貴でいて、登貴として死ねば、永遠に時宗の秘密は明かされない。

チヱはそう独白しながら、小織からもらった丸薬を眺めた。丸薬から覗く猛毒の牙がチヱを威嚇した。

その時、登貴が睨むようにしてチヱに言った。

「チエさん。あなた、変な事考えていないわよね？」

登貴の目は鋭かった。幾多の困難に耐えてきた眼であった。

「何を、ですか？」

「いいえ、何でもないわ。ただ、あなたが私を救うために、玄清上人様の命を守るために、あなたの大切な命まで犠牲にはしないか、それが気掛かりになっただけ」

チエは黙った。登貴は、小さなため息をつくと、チエの肩に手をやった。登貴は優しい清爽な目でチエを見つめた。まるで阿弥陀の半眼から発せられる慈光のようだった。

「私はもう覚悟はできているの。あなたは龍庵先生の御蔭で身体も随分良くなったのでしょ？もうここを出て、故郷へ帰りなさい。これは私と母の戦い。あなたは申し分なく、働いてくれたわ」

登貴の一言にチエは身体が浮かぶような錯覚を覚えた。この人のためなら死ねる……。

## 二十一

初めての難解な殺人事件の主任を命じられ、それも解決までもう一歩だと思うと、若い佐衛門の胸が躍った。

まず、主犯と目される利一を養生所から奉行所に移し収監した。まともな牢屋もない養生所に据え置くのはあまりに危険だと判断したからだ。

しばらくして、岡っ引きがやってきて、利一が奉行所の堅固な牢屋に縲絏（るいせつ）されたことを伝えてきた。佐衛門は肩が軽くなったのを覚えた。これで中之条の改めに専心できる。

それに、龍庵が吉祥屋の中庭の祠から利一が扱った毒薬を見つけたことは、佐衛門の取り調べに勢いをつけた。龍庵の奮闘には頭が下がる。

中之条の取り調べだけならそうは人手がいらない。佐衛門と部下の同心、久世晋介、それに晋介に仕える岡っ引きの三人で十分だと考えた。

吉祥屋にはもっと証拠となるものがあるはずだ。そこで、佐衛門は養生所に詰めていた残りの同心と岡っ引きを吉祥屋に遣わし徹底的な検分を命じた。

養生所の中に屯していた多くの同心や柄の悪い岡っ引きがいなくなると、とたん、養生所はいつもの静けさを取り戻した。

佐衛門はそんな養生所の風景を見て、もうすぐだぞ、と自分に言い聞かせた。

何事も最後の詰めが肝要だ。ここで油断すると、全てが水泡に帰してしまう。

太郎衛、チエ、そして小織の死を無駄にしてはならないのだ。中之条の背後にいる悪党を必ず取っ捕まえる！

佐衛門の体躯がブルルと震えた。

佐衛門は改め部屋に戻り、中之条の前に座った。

その時、佐衛門は中之条の様子がおかしいことに気がついた。上目遣いで笑みを含めて佐衛門を見ている。その目は姦詐（かんさ）に満ち、賊心の切り込みがあった。

その時、晋介が大きなあくびをした。ふっと振り向くと晋介の眼が半分閉じかかっているではないか！

岡っ引きの様子もおかしい。

——どうしたんだ？

佐衛門は息を呑んだ。

中之条は口元に薄笑いを浮かべて眼の深い所で佐衛門を見つめていた。それは深い谷底を覗き見るような強烈な吸引力があった。

その時、佐衛門の脳髄に「眠くなる……」と囁くような声が聞こえた。佐衛門は中之条の視線を避けるため、首を激しく振った。しかし、いくら抗っても佐衛門の目は中之条から発せられる眼光に吸い込まれ、そして……膠着した。「深く、深く眠くなる……」

中之条の呟きが、佐衛門の脳髄に轟いた。

「眼瞼（まぶた）が重くなる……」

佐衛門は必死で正気を保とうと、目を大きく見開こうとすればするほど、体躯は硬直し、視野が狭くなってきた。

——これは南蛮から伝えられたという、催眠の術では……？

中之条がこの秘術を仕掛けたのか！

しかし、そう気付いた時は手遅れだった。佐衛門の意識が徐々に遠のいていった。

「おい、龍庵。改め所の様子がおかしくないか？」仁平が立ち上がった。

「どうおかしい？」

「さっきから人改め所に人の動きが無いんだ。ちょっと様子を見てくる！」

仁平は改め所の方へ走った。仁平が改め所の引き戸を開けた瞬間、声をあげた。

「大変だ！」

仁平は足をばたつかせた。

「長谷口さんたちが改め所で倒れているぞ！」

仁平は喉が嗄れ、声にならなかった。

その時であった。

中之条がいつもとは違う堂々とした姿で改め所から出てきたのだ。

龍庵には神官姿の中之条の背後に人影があるように見えた。しかし、そこはわずかな常夜灯の灯と病人部屋の提灯の薄明かりだけで、その影は闇に埋もれ、靄のように輪郭が曖昧だった。

転瞬の間も無く、夜陰に吸いこまれるように中之条の姿が消えた。

そして、中之条と入れ替わるように、着流しの武士の形（なり）の男が姿を現したのだ。その男は小柄で、体格は中之条と良く似ていた。不動明王の憤怒の表情を作って登貴と齋の前に立ちふさがった。

「やっと、遇えたな！」

その男は凍りつくような声でそう言った。そして、佐衛門から奪った陣太刀に手をかけた。

龍庵は登貴と齋の前に立ち塞がった。男はものすごい殺気でぐっと龍庵に近付いた。

「私はずっと登貴を探していた。もう、何十年もだ。まさか、こんな所にいるとは想像だにしなかったが、待っただけの事はある。秘匿が刻まれた登貴とそれを読み込む事ができる齋を同時に見つけたのだからな」

男は、龍庵を見下したように睨みつけた。

「与力も同心も、岡っ引きも秘術にかかって寝ている。残されたのは身動きできない病人たちと医者と、そうそう武道を忘れた園芸同心だけだ」

男は太刀の鞘を跳ねるようにして龍庵を払いのけた。

足が絡み、へたへたと廊下に倒れた龍庵を、男は良く響く声で言い放った。

「医者は人の命を救うのが生業。私たち武士は人を殺めるのがお役目だ。分をわきまえ、おとなしくしておれ！」

男は登貴の腕を握り、抱きかかえるようにして小袖をはいだ。登貴の蜉蝣（かげろう）の羽のように透き通った白い背中が病人部屋の提灯の明かりに浮かんだ。男の眼光が鈍く光った。

「なるほど……」

男は満足そうに頷いた。そして、今度は齋の正面に立って帷子を勢い良く剥いだ。

齋の老醜な乳房がこぼれおちた。齋の胸の真ん中に胡麻粒より小さな点のような痣があった。男はそこを舐めるように見て言った。

「右が赤木越え、左が湯の峰だとすると……」

男は太刀を齋の首筋に当てた。

「登貴の背は地蔵の梵字だ。お前の胸の間には何と彫られている？」

齋は醒めた目でその男を睨んでいた。

「ふふふ」

男は不敵に笑った。

「答えなくても良い。もう、分かった」

今度は齋が喉を含むように笑った。

「何が可笑しい？」

男は太刀の物打から切っ先を齋の乳房に押し込んだ。齋はそれでも動ずる事もなく薄笑いを続けた。

「お前……」

男は一度太刀を引くと、刀身を棟から刃先を上に持ち直した。

「覚悟はできているようだな」

そして、足の軸を整えると八相に構えた。

齋は眼を閉じた。

「覚悟はとうに出来ています。浅井様」

男の太刀が緩んだ。

「いま、何と申した？」

「ですから、いつでも私は覚悟ができています。どうぞ、首を落とすなり、胸を突くなり、体躯を真っ二つにしても構いません」

「そうではない！　今、名前を呼んだだろう！」

齋は眼を開け、不思議な顔をして男を見つめた。

「え？」

「お前は今……、私の名を呼んだ」

「あなた様は、新宮藩水野家家臣、加判役、浅井……、俊之輔様」

陣太刀が男の手から落ち、砂利の上で跳ねた。

「お前はいったい……？」

男の唸るような声が闇の中で反響した。

「私？　浅井様は私をご存じない？」

男は何度も首を振り、乏しい灯りに浮かぶ齋をみつめた。

「も、もしや！」

「……」

「我が藩の世嗣ぎ、水野藤五郎様の……」

齋は帷子の胸を整えると、能の差し込みのような仕草でスーッと立ち上がった。その姿は神々しく、わずかな常夜灯の灯がまるで壬生光のように輝いて見えた。

「私は、その母……」

その時、男の目から滝のような涙が溢れ出た。

「齋子(ゆのこ)様……、まさか、あなたが！」

浅井と呼ばれた男は地べたに腰を落とすと、仏を拝むように手を合わせ、そのままひれ伏したのだった。

# 二十二

秋風が吹く季節になっていた。養生所の裏手の御薬園の木々の葉も赤や黄に色付きはじめ、まるで暗黒の積乱雲のような鬱蒼とした養生所の森が穏やかな積雲に変化してゆく、そんな季節を龍庵は好きだった。御薬園では荒子たちが冬の準備に忙しくしていた。生薬の畑には藁を敷き、霜に備えた。逆に雪下人参や白菜、大根、あるいは長葱などの冬野菜は土が凍ると甘みが増し、腰も座るので畑の周囲の灌木を刈ってわざと風通しを良くした。そんな荒子に混じって仁平も忙しく薬草園を整備していた。仁平のそんな姿を見ていると、仁平は本当に園芸が好きなのだ、と龍庵は思った。

仁平が声を掛けてきた。

「どうした、龍庵、元気がないな」

龍庵は「そんなことはないよ」と笑って返した。

「いろいろあったな」

仁平は真顔になった。

「長谷口さんは今頃、どの辺を歩いているのだろう?」

仁平がそう龍庵に訊ねた。

佐衛門が齋と久紗こと登貴を伴って熊野に出改めに出てもう、二月(ふたつき)になる。

一体、あの事件は何だったんだろう？　龍庵は未だにそれが分からない。

養生所では、元大工の清二が悲しそうな顔で龍庵を待っていた。

「どうした、清さん」

「やはり、養生所（ここ）を引き上げなくてはだめなんですかい？」

龍庵は曖昧に頷いた。

「清さんはもうすっかり良くなった。肝の臓腑も元気を取り戻したし、仕事に戻って以前のように人を唸らせるような細工家具を作りなよ」

「おいらはやはり、養生所（ここ）では嫌われているんでしょうね？」

「そうじゃないよ。清さんは相変わらず人気者さ。小織の死因も分かったし」

「小織……」

清二は遠くを見て目を潤ませた。

「小織はおいらがここを退所（で）たら、所帯を持とうと言ってくれたんだ」

清二はそう言って鼻を啜った。

「清さんは小織を好いていたんだね」

「あんな訳ありの女でも、優しいところもあったんだい」

龍庵は「そうだな」とだけ返事をして立ち上がった。

龍庵は近くにいた看病中間の忠也を呼んだ。忠也は大きな風呂敷包みを清二に渡した。

「なんだい？」

忠也は笑って、

「龍庵先生が清さんの大工道具一式を桂直しに出してくれて、新品同様にしてくれた。これでいつでも仕事に戻れる。取り敢えず、養生所の玄関脇の小屋の木戸を普請して貰うことになっている。受けてくれるかい？」

清二はもう一度鼻を啜ると、

「おう、分かった。まかしてくんねぇ。今日にでも、昔の長屋に戻って、ちょいと、生活道具を揃えてから、そうさな、三日もしたら、道具を抱えて、寸法を測りに来ます。随分と世話になりました」

清二は潤んだ目で、ゆっくりと頭を下げた。


龍庵は薬膳所に戻って、生薬を吟味した。いつもなら、賄中間の久紗が影のように登場して、龍庵の横で、一緒に生薬を煎じたものだった。

――久紗、いや、時衆の民の秘匿を隠し続けた登貴が、熊野へ出て二月か。もう、養生所へ戻る事はあるまい。

龍庵は何かを亡失してしまった薬膳所を見て、そんな寂しさを禁じえなかった。急に風がふいて、薬膳所の木戸がカタカタと揺れた。二月前、木戸の向こうで起きた事が龍庵には昨日のことのように蘇った。


その頃……、町奉行所の与力、長谷口佐衛門は熊野の湯の峰温泉にいた。齋も登貴も一緒だった。齋は湯の峰温泉のつぼ湯に浸かり、すっかり元気を取り戻していた。つぼ湯は小栗判官が蘇生したという伝説で有名な名湯である。

「さあ、出かけようか」

佐衛門が二人にそう声を掛けると、深紅の巫女袴を着た歩き巫女姿の齋と登貴が頷いた。湯の峰温泉から熊野本宮に抜ける大日越えは一里足らずの行程であった。つぼ湯を出ると、すぐに湯の峰王子に出て、そこから一気に峠まで登り切る。峠の直前に「それ」はあった。藪の中に潜むように朽ちた地蔵石仏が一体安置してあった。

齋はその地蔵に腰まで体躯を折って手を合わせた。そして、祈りを捧げたまま、石仏を横に少しずらした。石の台座が出てきた。齋はそこにこびりついた泥を掃き、指が一本入る程度のわずかな隙間に小刀の鞘を入れて台座をすっと引き上げた。赤茶けた懸紙のようなものが見えた。

「それが、時宗の秘密ですか？」

佐衛門の問いに齋は大きく首を振った。

「時宗の秘密ではありません」

「え？」

「私を守ってくれたのが時衆の人たちで、これは時宗とは何の因縁もないものです」

齋の言っている意味が佐衛門は理解できない。

「しかし、この秘密を巡って時衆の民がひどい思いをしてきた……」

「ええ、確かに、彼らは私たちを命懸けで守ってくれた」

齋は懸紙を取り出し、こびりついた埃を払った。懸紙のなかには赤茶けた和紙が入っていた。もう、すっかり虫に喰われ、朽ちていた。文字らしきものが浮かんではいるが、判別は出来なかった。

「もう、読めませんね。なぜ、新宮藩の加判役という重役までが死にもの狂いでこんなものを求めたのでしょうか？」

齋は佐衛門を見た。悲しそうな目だった。

「これは、水野家の世継ぎの出生認書です」

「出生認書？」

「新宮藩では世継ぎが生まれた時、藩主水野家の菩提寺である本廣寺の住職に出生の認書を作ってもらうのが定めでした」

齋はそう言うと、和紙に描かれたわずかな朱色の印の跡を指で示した。

「私が産んだ世継ぎの児の出生印……」

「新宮藩は立藩こそ幕府に認められてはいないものの、紀州徳川家の家老職として広大な紀州の東の半分と新宮を治めていました」

齋はそう語り始めた。

「私は紀州徳川家の家臣、木邉（きなべ）家から側室として水野家に嫁ぎました……」

しかし、齋が水野の家に入った直後、紀州徳川家では材木取引の不正が発覚し、担当役であった齋の父親、木邉継孝が責任を取って切腹。家は取り潰され、一族は散り散りになり、齋は天涯孤独となってしまったのだ。

それから齋の不幸が始まった……。

齋が九代目新宮藩藩主、水野忠央の側室として水野家に入った時、正妻には子供がいなく、側室の齋こと齋子（ゆのこ）が長子を宿すことに水野家の希望が託されていた。齋が水野家に入って数ヵ月後、齋は懐妊した。忠央はたいそう喜び、男子が産まれる期待が高まった。そして、無事に見事な男子を出産し、藤五郎と名付けられた。

水野家では世継ぎが誕生すると、菩提寺である本廣寺において水野家を継ぐ者として仏戒を授ける盛大な法要が営まれた。水野家の当主は授戒を以って世継ぎと認め、住職によって出生認書が世継ぎの母親である齋に手渡された。

しかし、丁度その頃、正妻に妊娠の兆候がみられたのである。

「正妻の蓬（よもぎ）の方はもし、産まれてきた子が女子ならば、紀州徳川家の藩主かそれに次ぐ地位の重役に嫁がせるが、男子ならば、どうしてでも新宮藩の世継ぎにさせたいと、いつも加判役の浅井俊之輔と相談していたようです。そして……」

齋は顔を覆った。

「月もない暗い晩でした。私はいつものように時宗の僧から琵琶を学んでいました。そこへ女中が私のところへ飛んできました」

「齋子様、山坂様がお会いしたいと」

山坂九衛門は木邉家から遣われた齋の衛視としてずっと仕えてきた。

そんな山坂が真っ青な顔で齋の前に現れたのだ。

「どうされました？」

「怖ろしい事です」

「え？」

「蓬の方が男子を産みました」

「そ、それは……」

「浅井殿が早速、動き出しました」

「どういうことです？」

齋は眼を剥くようにして山坂を見た。

「忠央様は江戸にいて、その隙に藤五郎様と齋子様を亡き者にして、世継ぎを蓬の方の子に、と企んでいます」

「そ、そんなこと。藤五郎には水野家の世継ぎを証明する出生認書があります」

「お二人が亡くなれば、そのようなものは紙切れに」

齋は言葉を失った。

横で畏っていた時宗の僧侶が絞り出すような低い声で訊ねた。

「要するに、蓬の方に与（くみ）する連中が齋子様と藤五郎様の御命を狙っている、そういうことですか？」

山坂は大きく頷いた。

齋は目を閉じた。あまりの理不尽に気を失いそうだった。

「どうしたら良いのです？」

山坂は正面を見据えたまま、言った。

「藤五郎様を連れて、逃げて下さい。水野家の正式な世継ぎを証する出生認書を携え、逃げて下さい。いつか、必ず世継ぎの機会が訪れます。その日まで……」

「でも、どうやって。こんな産まれたばかりの赤子を抱えて、どこに逃げるのですか？」

山坂は眉を顰め険しい顔になった。

「本来なら、ご実家の木邉家に助けを求めるところですが、ご実家は離散して、もう誰も助けてはくれませんゆえ」

その時、時宗の僧侶が立ち上がった。

「山坂殿、齋子殿は私たち時衆の民が御助け申そう。どのような事があっても齋子殿と藤五郎様を御守り申す」

時宗の僧侶の名は玄清。熊野一帯の時宗の信者たちを束る高僧である。玄清は厳しい修業中の怪我で片目が潰れていた。

「玄清様と一緒に、私たちは暗闇に乗じて邸を出ました。本当にわずかな金子と着る物だけの、女中も従えずの夜逃げでした。ただ、私には覚悟がありました。どんな身分に落ちようと、我が子と出生認書だけは守り通そうと」

佐衛門が齋の背丈まで腰を折ると訊ねた。

「しかし、齋殿が連れていたのは女児だったのではないのか？」

齋は頷いてすこしほほ笑んだ。

「私が歩き巫女に身を落とし、連れて歩いていた子は男子です。ただ、いつ、蓬の方の手のものに気付かれるかとも思い、女児の格好をさせ、諸国を放浪してまいりました」

佐衛門は諾き、目を細め、もう一度訊ねた。

「ところで、藤五郎様はいずこに？」

## 二十三

大日峠を越えて、月見岡神社の急な階段を下ると、じきに熊野本宮大社がある熊野川の中州が見えてくる。中州は周囲の濃い緑の森林と鮮やかな紺青の熊野川に囲まれて、そこだけがまるで快晴の空に浮かぶ一塊の雲のように真っ白に見えた。

熊野川と音無川に挟まれた中州へは川を渡渉しなくてはならなかった。

「私たち時衆の民は熊野川を尼連禅河（ナイランジャーナかわ）と呼びます。仏陀が六年に及んだ苦行を無益なものとして放棄し、この河で沐浴し、乳粥の供養を受けた故事からこのような名が付けられています。これから渡る音無川は密川、これも仏の教えにちなんだ名前です」

齋はそう言って広々とした熊野川を指差した。

その日の音無川は耳を澄ませないと川のせせらぎが聞こえないほど、流れが穏やかであった。川が荒れると、渡ることさえ難儀になるという。

中州に辿り着くと、周囲は森閑として、怖ろしいほどの霊気が佐衛門を襲い、身体がブルルと震えた。

「ここが大齋原（おおゆのはら）、ここで一遍上人様は時宗のお告げを得たのです」

齋はそう言って眼前に拡がる大きな森に向かって頭を下げた。熊野本宮大社はその広大な森の中にあった。砂利が敷き詰められた参道を歩くと、左手の一段高いところに鳥居があった。何の装飾も、色彩もない無垢の円柱材の素木鳥居は、人々を威圧することも、折伏させる傲慢さもなかった。見事なまでの自然体で、佐衛門にはむしろそれが神々の微笑みのように見えた。苔むした石の階段を登ると白木の御社群が眼前に飛び込む。それは背景の熊野の山々に向かって大きく手を拡げているようだった。

「ここには十二の御社があります。上に四社、中に四社、そして下に四社です」

齋は佐衛門にそう話した。しかし、齋の目は別の所を凝視していた。

そこでは、白装束を羽織った信者の一群がひと際背の高い神官を取り囲んでいたのだった。

齋の呼吸が荒くなった。

登貴が齋の肩を抱くようにしてそっと頬をなでた。

その神官は三十歳の後半くらい。真っ白な肌で、尖った鼻をしていた。穏やかな目で、信者たちの話に耳を傾けていた。熊野の山から川に沿って下ってきた風が大齋原の森の木々を撓らせると、森がざわめいた。

神官は佐衛門たちに気がつき、軽く会釈した。そして、再び信者たちへの説話を続けた。

齋は顔を両手で覆うと、激しく嗚咽した。

その神官こそ、齋の長子である水野藤五郎であり、登貴が生まれて暫くして、熊野本宮大社に預けられ、長じて、類まれな神官に育った。いまや、国中から藤五郎の説話を聞きに集まってくる信者の列が絶えないという。しかし、誰ひとり、その神官が、陰謀にはまって身分を捨てた新宮藩主、水野忠央の世継ぎであることなど知る由もなかった。そして、当の神官さえ、その事実を知らされていなかったのだった。

「お会いしなくてよろしいのですか？」

佐衛門は齋にそう声を掛けた。齋は涙を拭きとる事もなく大きく首を振った。

「私の仕事はもう、十分成就しました。あの姿を見ただけで、あの子のああ育った姿を見ただけで、私は時宗に帰依した甲斐がありました」

齋はそう言うと、登貴の胸に顔を埋めた。

「ところで、登貴殿、もう一つだけ教えてもらいたい事がある」

佐衛門はそう言って登貴の顔を伺った。

「ええ、太郎衛様のことでしょう？」

佐衛門は首肯した。

「もし、登貴殿が時宗の秘密を守るために太郎衛殿を毒殺したとしたならば、私はあなたに御縄を掛けなくてはならない」

登貴は清々しい目になって佐衛門を見た。母、齋と同じ、目の深いところで慈悲の優しさがあった。

「まず、あなたは何故、太郎衛殿が本所の鶴屋に投宿していたことを知っていたのですか？」

佐衛門は惟る口調で訊ねた。

「私は小織さんと病人の清二さんが話しているのを偶然、聞いてしまったのです」

佐衛門はハッとした。そう、小織がトキことチエを訪ねて来た時、小織は確かに太郎衛が鶴屋にいることを清二に語った。

「なるほど、それであなたは鶴屋に太郎衛殿を訪ねた」

「父が命を狙われていることを知って、いても立ってもいられませんでした……」

登貴は初めて感情が表に出て、声が震えた。


本所の旅籠、鶴屋の鶴の間で太郎衛は茫然としていた。手にはしっかりと小織が持ってきた髪の毛が握られていた。それこそ、登貴の身代わりとして養生所に入所していたチエのものだった。

――登貴は死んでしまったのか……。

太郎衛は小織の言葉を信じて、愕然としていた。太郎衛の心のどこかで登貴を一緒に小原宿に連れて帰れる、という願望があったのかもしれない。

――もう、それも叶わない。

その時だった、部屋の外で人の気配がした。

「女中さん？」

太郎衛がそう呼びかけても返事がなかった。

太郎衛は立ち上がり襖を丁寧に開いた。そこには中間のなりの女が畏まっていた。

「なにか御用かな？　私は相模の国、小原宿の封人、野火坂太郎衛と言う者だが」

「お久しぶりにございます」

その女は登貴であった。

登貴は頭を上げると、太郎衛を拝むように見た。

太郎衛は、登貴と視線が合った瞬間「ああ」と声をあげた。

「お前は……」

「覚えておいでで？」

「忘れるものか！　私はお前の事をひと時も忘れた事がない。ただ、死んだのではないのか？　ここの女中がそう言っていた。私は妄想のあげく幽霊でも見ているのか？」

登貴は、

「私は亡霊などではありません。実は、昨晩、私の身代わりになってチエという在野の時衆の民が自害しました」

「自害？　病ではなく？」

登貴は悲しい顔になって何度も何度も首を振った。

「しかし、よかった。お前が生きていてくれて、私は本当に嬉しい。いまはどうしておるのだ？　そうだ齋は健在か？」

太郎衛は矢継ぎ早に登貴に質問を浴びせた。登貴は辛そうな顔を太郎衛に向けた。

「母の事は分かりません。生きているのかどうか。それに、私もここに長居はできません。

太郎衛様」

「そのような呼び方をするではない。父親ではないか？」

――ああ、これで私は本当に登貴の父親と認めたのだ。

太郎衛はそう呟いて、なぜ、それを今まで言う事が出来なかったのかと後悔が湧水のように溢れ出た。

「おとうさま……」

登貴は口腔でその言葉を何度も繰り返すと胸に熱いものを感じた。

「おとうさま！」

太郎衛は満面の笑顔を湛えた。

「おとうさまは私たちを追う輩に命を狙われています」

登貴は周囲を見回した。

太郎衛は悟った顔になって、わずかな微笑みさえ作って登貴を見つめた。

「私は今日、神官のなりの男に煙管を吸わされ、その後、意識が混濁してしまった」

「何か、お話しになったのですか？」

「分からない。その間の記憶がないのだ。最初に熊野比丘尼の熊野十界図や熊野参詣曼陀羅図などを見せて、いろいろ説明してくれた」

登貴は眼を閉じた。もう、知られてしまったのだ。恐らく、自分の背に目立たぬように彫られた文字から、自分の兄、つまり新宮藩の世継ぎ、水野藤五郎の出生認書を隠した場所が特定された。あれが見つかり廃棄されれば、藤五郎の世継ぎはもうない。いや、登貴の母、齋、そして、多くの時衆の民たちの犠牲が無駄になってしまうのだ。その時、太郎衛が握っている銀紙に包まれた丸薬が登貴の目に入った。

「そ、それは？」

太郎衛は丸薬を登貴に見せた。

「この旅籠の女中が、元気が出る薬だと私にくれたものだ」

――！

銀紙に包まれた中身は鳥兜の根茎を潰して丸薬にしたものだった。一口齧るだけで神経が麻痺し呼吸困難に陥る神経毒である。


登貴はいたたまれなくなり、太郎衛の腕を握った。

「おとうさま、早く逃げて下さい！」

「逃げる？　なぜ？」

「これは毒です。一口齧っただけで、息ができなくなり、死んでしまいます」

「なに！」

「これをおとうさまに渡したのは、時宗を裏切った憂……」

「どういう事だ？」

「いま、事情を詳しくお話しする時間はありません。ただ、私の秘密を巡って、それを知っている者はことごとく殺められています。おとうさまも危ない」

太郎衛は眼を閉じて苦しそうに眉間を絞った。

「私はもしかしたらまた、あの神官にまた薬をもられ、お前の秘密を話してしまうかもしれないね」

「そうです。そして、用がなくなれば殺される。だから、一刻も早く！」

太郎衛は登貴の手を握り返した。目が潤んでいた。

「お前とこの世でもう一度会えるとは思ってもいなかった。できたら齋とも会いたかったが、それは叶わぬ願いだ。ただ、お前がこうやって生きていて、そうして、時衆の民にかこまれ、生き続けることが、私の生涯の願いだ」

太郎衛はごくりと生唾を飲み込むと、強い口調で言った。

「登貴、もう行きなさい。お前も狙われる」

登貴は太郎衛の胸に顔を埋めた。

「おとうさま、ごめんなさい……」

もう、三十年も前に琵琶法師の玄清に小原宿に連れてこられ、太郎衛の胸の中に入り込んだ記憶が蘇った。

「……おとうさま！」

佐衛門は想像だにしなかった展開に思わず目を閉じた。そして、ゆっくりと目を開け、登貴を優しく見つめた。

「太郎衛殿のその後は……？」

「ええ」

登貴はただ、そう答えると、下を向いて涙を拭いた。

太郎衛の部屋の外で数人の階段を登ろうとする足音が聞こえた。記憶にある足音だった。

「あの神官がまた来たな。もっと強烈な薬で私の記憶を覗き見するつもりだ」

太郎衛は目を閉じて呼吸を整えた、そして、カッと目を開けると、小織がくれた丸薬を握った。

「齋、登貴……、達者で生きてくれ！」

太郎衛はもう一度大きく呼吸しその勢いで丸薬を思いっきり齧った。

## 二十四

龍庵は病人部屋の見廻りを終え、御薬園の同心、烏丸仁平が運んでくれた生薬を吟味していた。もう、すっかり冬になっていた。病人部屋には敷居ごとに小さな炬燵が置かれ、病人たちはそれを真ん中に置いて布団をほっかぶりして寒さをしのいでいた。氷雨の混ざった北風が養生所の中を吹きぬけ、建てつけの悪い木戸を叩いた。

その時、飛脚便が龍庵のところへ届いた。

佐衛門からだった……。

浅井俊之輔の取り調べは慎重を期していた。卑しくも紀州徳川家の付家老職である水野家の加判役の重役である。新宮藩主の水野忠央といえば、いまや井伊直弼と組んで幕府を牛耳る絶大な権力を持っていた。

長谷口佐衛門の訴えを聞き入れた町奉行所の年番方の与力は、牛込原町の水野家の江戸屋敷に出向き、浅井俊之輔の扱いについて水野忠央本人にお伺いを立てたほどであった。

「罪状は寺社奉行所の断りもなく神道派を興し、宮司の資格のないものを雇い、世の中を騒がせたこと……」

町奉行所の年番方は忠央にそう浅井の罪状を説明した。

忠央は「しばらく水野家の江戸屋敷で謹慎させるとする」と答えたという。

それから三ヵ月、浅井俊之輔は阿弥陀経の写経に日々暮らしていた。

そんなある日、町奉行所の年番方が水野家の江戸屋敷に呼ばれた。

浅井俊之輔は仏間の控えの間に座していた。浅井は年番方に深く頭を下げた。

「お勤め大儀に存じます」

浅井は控えめに言った。

「いや、貴殿ももうここに来て三ヵ月、故郷が恋しいのでは？」

浅井は薄く微笑んで首を振った。

「故郷など、もう忘却しました。ずっと、もう何年も、こうやってひたすら世継ぎを探してまいりましたので」

浅井の目が潤んだ。

「ところで、拙者、医者を所望だ」

「医者？　どこか具合が芳しくないのですか？　それでしたら、この屋敷出入りの医者を求めたらいかがですか？」

「いや、小石川養生所の立雪龍庵という医者と会いたい。骨を折っては頂けないか？」

「養生所の医者……？」


その翌日、龍庵は町奉行所の年番方に付き添われて、新宮藩水野家の江戸屋敷に出向いた。朝から木枯らしが吹く、寒い日だった。

浅井俊之輔は龍庵の姿を見ると目配りをするように頭を少しだけ下げた。

小柄だが、凛々しい侍の姿だったが、頭髪が抜け、頭の後ろでわずかな髷を結っていた。豊麗線が深く、ひどく老けて見えた。

「私はここで暖を取っておるので」と町奉行所の年番方は気を配り、庭の落ち葉焼きの残り火に当った。

「もう、ここも三月（みつき）になります」浅井はそう龍庵に語りかけた。龍庵は頷いただけで返事をしなかった。浅井は庭の風景に目を移すと、呼気を止めるようにしてから溜息を吐いた。

「実は、立雪さんに話しておきたいことがある」

穏やかな口調だった。

「何でしょう？」

浅井の眼瞼に涙が溜まっていた。

「齋子（ゆのこ）様と世継ぎの藤五郎様のことです……」

「齋子様の衛視、山坂九衛門殿が腹を切って果てた姿を発見して、拙者は初めて時衆の民が齋子様と御子を連れて逃亡をはかった事を知りました。私は時衆の民がなぜ、齋子様と御子を誘拐しなければならないのか全く見当もつかなかった」

浅井は鼻を啜ると、和紙を当てて鼻水をふいた。

「私はその時、時宗のことをすっかり誤解してしまった」

「誤解、ですか？」

浅井は辛そうに項垂れた。

「てっきり、時衆の民が齋子様と世継ぎの御子を奪い去って、政争の糧にするものと思った」

「なぜ、政争の糧に？」

「時宗は非人、河原者、遊女など貧賤を肯定するような卑しい宗教と思われていました。熊野権現信仰の修験と偽って、勧進巫女や比丘尼の姿を隠れ蓑に春を売るような連中。あちこちで迫害され、差別されてきました。そんな族（やから）ですから、齋子様たちを人質に金子を要求するとか、あるいは紀伊徳川家の秘密を暴露するなど恫喝してくるかと危険を感じたのです」

「しかし、金子の要求はおろか、ひたすら齋子様と御子を守り通した。それどころか、時宗は善悪もろとも全てを救おうとした」

龍庵の一言は浅井の心の深くに響いたようだった。浅井は顎をぐっと引くと「恥ずべき事です」と言った。

「それが取り返しのつかない誤解である事は、後で知りました」

浅井の哀しげな目が遠くを見つめた。

「蓬の方は確かに男子を産みましたが……」

「どうしたのです？」

「立雪殿は医者さまだから、想像がつくと思うが」

「医者だから……？」

龍庵は考え込んだ。そして、ふっと思いつくと、

「もしかして、産褥（さんじょく）の具合が悪く、御子の身体に不具合でも？」

浅井は大きく頷いた。

「ひどい状態でした。早産で体重が並の半分にも満たないばかりか、目は癒着し、心（しん）の鼓動も微弱でした」

「それは、ひどい。そ、それでその御子は？」

浅井は黙った。眉間に皺をよせて、何かに耐えているようだった。

「まだ……、御存命で」

「え！」

「御子は精神も病んでいて、新宮藩の屋敷牢でもう三十年以上を過ごしています」

「では、お世継ぎは？」

「ですから、私たちは藤五郎様を探している」

「抹殺するのではなく？」

「まったく逆です。私たちは時衆の民の仕業だと思い込み、隠密裏に時衆の民と接し、ある時は御法度の南蛮の秘薬を扱う裏社会にも潜入し、消息を漁った」

浅井は、また、深いため息をついた。

「ご存知のことと思いますが、つい先日、大老の井伊直弼様が暗殺されました。水野家当主の忠央様は井伊大老と共に幕政に参画し、一橋派と対峙していました」

浅井は慟哭に耐えるようにして続けた。

「しかし、井伊大老亡き後、いまや一橋家が幕府を牛耳っています。忠央様もすべての役職を辞され、実質的に失脚してしまいました。つい先日、内々に隠居し、家督を嫡男に譲るように幕府から命じられたばかりです。このままでは、養子を迎えなくてはならない。しかし、忠央様は、齋子様が愛おしく、自分の血を継承した藤五郎様を一日でも早く水野家に帰したいと……」

しばらく沈黙が続いた。そして、浅井は唸るようにこう言った。

「藤五郎様は生きておられるのだろうか？」

龍庵は届いたばかりの佐衛門からの飛脚便を取り出した。それを浅井の前に差し出すと、浅井は震える手で便りを受け取った。

浅井は便りの一文字一文字を舐めるように追った。

「藤五郎様は、熊野本宮大社の宮司をされている……」

浅井はそう言って、ひれ伏して憚ることなく号泣した。

――侍なんて、主人だ、藩だ、名誉と意地のため、命を捨てる。みじめなものだ。

龍庵は水野家の江戸屋敷を辞すると、白山権現の裏手から養生所に戻ろうとした。木枯らしが吹くような寒い参道にも相変わらずの賑わいがあった。そこにひと際人を集めている見世物があった。龍庵は足を止めて、その人だかりに加わった。白装束に刀鍛冶がかぶる立烏帽子姿の男が太刀の切れ味を試していた。蝦蟇の油売りのようについでに薬草も売りつけるらしい。

「さて、この太刀の切れ味を試す勇気のある人はいないかね」

その男はそう口上を叫んだ。すると、客の一人が立ち上がり「おう、そう言われたら黙って引き下がるわけにはいかねぇ。さっと切って、その薬ですぐにでも治してもらおうじゃねえかい」と見栄を切った。

龍庵は思わずむせるように笑った。

刀鍛冶役が偽神官の中之条で、切られ役が利一に見えたのである。彼らの丁々発止が龍庵の瞼に浮かんだ。

しかし、彼らがこのような所にいる訳もなかった。

……利一は元々水野家の足軽で、浅井俊之輔の命で時宗の動向を探る隠密であった。御法度な南蛮渡来の麻薬や闇米を扱う吉祥寺に入り込み、逐一、浅井に諜報を流していた。しかも、毒物の扱いに慣れていたので、御薬園に忍び込んでは鳥兜の根茎をかっさらっていたのであった。その結果、本人が直接手を下していないとはいえ、三人もの命が利一の毒薬で果てた。毒物のみならず、麻薬や闇米の取引の中心となって働いた事実は、藩命とは言え、看過できない重罪であった。

利一に奉行所が下した御沙汰は、死罪であった。しかし、どこで、どう死罪になったかは佐衛門でさえ知らされていない。いや、本当に死罪になったのか、それさえも分からなかった。

白山の米穀問屋、吉祥屋は闇米の流通に関わり、さらに南蛮の麻薬の売買にも手を染めていたことから米問屋と仲介の札差を取り上げられ、地廻米穀問屋は廃業となった。もちろん、御禁制品に直接関わった吉祥屋平八、筆頭番頭千代治らは連座し、磔となった。

偽宮司の中之条はと言うと……？

浅井俊之輔が登場したあの日以来、姿を消して、今だに行方が分からない。生きているのか死んだのか？

龍庵は今でも中之条の小柄な、髷も結えない禿頭を思い出す。

——あの男は本当にただの詐欺師なのだろうか？

南蛮渡来の秘儀、催眠術を自由に操り、祝詞でも読経でも本物よりも上手にあげることができた。それに、薬物にも怖ろしく詳しいらしい。詐欺師を越えた何かが中之条にはあったように龍庵は感じた。

——待てよ……。

確か、中之条の背後から浅井が登場したはずだった。いや、暗がりでそう見えただけなのかも知れなかった。まるで、反転木戸のように中之条が裏返って浅井が登場したようにも見えた。

龍庵は水野家江戸屋敷で会った時の浅井の姿をもう一度思い返した。

——似ている？

龍庵はもしかしたら中之条が浅井であったのか、という淡い疑問が浮かんで、そして、そのまま残った。


それから二ヵ月が過ぎた。松の内も明け、養生所はいつものように通いの病人で賑わっていた。

なにも変わらないのは、龍庵と烏丸仁平くらいで、長谷口佐衛門はといえば、養生所の見廻りの回数が減った。いくつかの凶悪事件の扱いを任され、江戸中を忙しく飛び回っているらしい。その方が佐衛門らしいと龍庵は思った。

齋は……。

風の便りでは、新宮には戻らず、玄清の元で修験を続けているという。

新宮藩はその後どうなったのか？

龍庵の立場では知る由もなかった。

佐衛門は知っているかもしれないが、龍庵にはもう、どうでも良いことだった。

久しぶりの冬の好天だった。日差しが豊かで、風もない。

薬煎所にいた龍庵は急に酒が飲みたくなった。仁平でも誘おうか、と思い、薬煎所の生薬をまとめると、冬の風が避けられる薬煎所の角地によけた。

その時、薬煎所の木戸の裏で人の気配がした。なにかに躊躇しているような、そんな音の加減だった。

龍庵は木戸に手をやると、ふっと胸に熱いものを感じた。少し開いた木戸に見覚えのあるあかぎれた指が見えたのだった。

龍庵はスッと木戸をあけると、そこには登貴が恥ずかしそうに立っていた。

「久紗！　いや、登貴か……」

登貴は作業衣に着替えていて、口を雑巾のような布で覆っていた。

龍庵は登貴の口を覆った布を剥ぐように取ると、

「もう、それは必要ない」と言った。

「……、良く、戻ってきたな」

登貴は小さく頷いた。

完

## 著者略歴

医科系大学教授、病院長を経て、国際医療協力NPO理事長に就任。独立直後の東ティモール、内戦中のカンボジアなどの多くの医療現場で活躍した。現在はラオスを中心に活動をしている。北区内田康夫ミステリー文学賞、ヘルシー・ソサエティー賞などを受賞。主な作品には、誰も触れることのなかった凄惨なカンボジアの内戦を描いた「ポル・ポトのいる森」やベトナム戦争のさなか、同じ民族同士が二つに割れて戦ったラオスの壮絶な内戦を描いた「モン族たちの葬列」など、大国のエゴに翻弄させられたアジアの人々を描いた歴史小説を得意とする。また、月刊「アッレ」では明治初期という時代の矛盾を鋭く抉った「邏卒刑事工藤一輔の事件簿」の連載がある。

時衆の誉　小石川養生所　立雪龍庵　診療譚

平成三十年十一月五日　第一刷発行

著者　宮田（みやた）隆（たかし）
発行者　石澤三郎
発行所　株式会社　栄光出版社
〒140-0002 東京都品川区東品川1の37の5
電話 03(3471)1235
FAX 03(3471)1237

印刷・製本　モリモト印刷㈱

検印省略


ISBN 978-4-7541-0165-7

ラオス・モン族は
なぜ二つに引き裂かれたか？

小　説

# モン族たちの葬列

ラオスの現代史の闇を暴く

宮田　隆

定価（本体1500円＋税）
978－4－7541－0154－1

これはドキュメントか、フィクションか。ベトナム戦争時、ラオスではモン族が二つに引き裂かれた。彼らに襲いかかった悲劇とは？　膨大な取材と深い洞察力で描いた異色の大河小説。読者はラオスの内戦の真っ只中に飛びこみ、その悲惨な実態に遭遇することになる。